学社團裡可愛的學妹

1. 消極的學長與積極的新生

水棲虫
suiseimushi

[插畫]
maruma（まるま）

Kadokawa Fantastic Novels

大學社團裡最可愛的學妹

1.消極的學長與積極的新生

目錄

CONTENTS

CIRCLE DE ICHIBAN KAWAII DAIGAKU NO KOUHAI

登場人物

CHARACTERS

阿實

大學二年級　人文學院法律系

牧村的朋友。本名是實松和也。社交能力好，加入許多社團，但大部分是幽靈社員。

渡久

大學二年級　理學院化學系

牧村的朋友。本名渡久地幸成。同時隸屬游泳社，在社團內有個女朋友。

宮島志保

大學一年級　人文學院社會系

美園的朋友。個性開朗，生性擅長與人交際。

成島航一

大學三年級

教育學院教師學程主修數學教育

綽號阿成學長。文執的老學長。

島內香

大學二年級　教育學院主修幼兒教育

與牧村同梯加入文執。是個可靠的大姊大。

一之宮仁

大學二年級　農學院生物化學系

牧村這屆的文執委員長。雖然不太可靠，做事盡心盡力而得人緣。大家都叫他仁。

小泉雄一

大學一年級　理學院生物系

容易得意忘形的學弟。

岩佐若葉

大學二年級　人文學院社會系

不像關西人的關西人。中意美園。

第一章

「牧村學長。」

當我結束自己隸屬的文化祭執行委員會——簡稱文執的工作，輕輕擦拭六月暑氣帶來的汗水，便被人從背後搭話。

會用「牧村學長」這個稱呼叫我的人，只有小我一屆的君岡美園一個人。當然了，就算不仰仗稱呼，我也不可能會聽錯她的聲音。那文靜高雅的說話方式，以及可愛的聲線聽起來非常舒心。

「今天也請學長多多指教。」

這名有些嬌小的學妹對著回過頭的我嫣然一笑，以無異於平常的美麗身姿，禮數周到地對我低頭致意。

「這是我要說的話。我很期待今天的晚餐喔。」

「我也非常期待。我會努力達成學長的期待。」

她靦腆地笑著並握緊雙拳，放在胸前，做出非常可愛的打氣姿勢。她的外表如此標緻，光做出這般舉動，就會讓人心跳加速。

「還有，我也想準備明天早餐，所以要是不會給你添麻煩，請問我能住下來嗎？」

「咦？麻煩是不會啦……但妳這話是什麼意思？」

「就是字面上的意思呀。」

照理說，我們只約好今天吃晚餐，然而她歪著頭一臉不解地回應我的問題，並晃動她那頭深棕色秀髮。

「我會在家洗好澡，請學長不用擔心。我會在四點拿行李過去拜訪學長，到時候一起出門買東西吧。那麼，我還有事情要先準備，就先失陪了。」

「啊……喂，美園。」

我當然明白字面上的意思，卻完全搞不懂她說出這些話的用意。以她的為人來說很罕見，一定是在開玩笑吧。

這個時候我是這麼想的。後來仔細想想，想必無法不逼自己這麼想吧。

首次見到美園，是在四月。當時根本想都沒想過會讓她替我煮晚餐。更別說住在我家了，那是絕無可能的事。

◇◇◇

我的大學生活迎來第二次的四月。隸屬的社團文執也來到迎接新生的季節。

我既擔心自己身為學長，不知是否能樹立榜樣，當然也期待新生的到來。但我這麼消極，到頭來一定只會和學弟妹們保持最低限度的交流吧。

「哦，阿牧你看。那個女生在耶。」

今天是我剛才提到的文執的第二次全體開會日。我們把教室當成會議室，坐在我旁邊的人是與我同屆的實松（阿實），他一邊這麼說，一邊戳著我的肩膀。

「喔，真的耶。」

我把視線投向不遠處，也就是阿實所說「那個女生」身上。不遠處坐著一名學妹，她有一頭及肩的深棕色中長髮，髮尾稍微內彎，是很可愛的髮型。

「她叫什麼名字？」

「不就是君岡美園學妹嗎？」

其實我壓根兒沒和她交談過，卻已經聽見這個名字好幾次了。

「對，沒錯。真虧你記住了耶。不過既然人家長得那麼可愛，大家肯定是瘋傳到連你都有所耳聞吧。」

「不要把我講得好像沒朋友的邊緣人。」

我的朋友的確不多啦。

「不過她真的很正耶。在我們學校內，我還真沒看過這種等級的正妹。」

「是啊。」

細長美麗的眉線下，是長長的睫毛與線條清楚的雙眼皮。突顯了又大又圓的眼眸。挺拔的鼻梁和臉頰到上顎的線條，都給人俐落的印象，而女性的柔軟曲線卻不突兀地與之共存，實在很神奇。

宛如白瓷般的肌膚以及色彩柔和的嘴唇，兩者配合得恰到好處，不到美豔卻也不單調，她的美有著絕妙的平衡。

身高應該稍低於平均，不過因為體格纖細，看起來顯得更加嬌小。這點與可人的相貌相輔相成，更添增她的可愛。

「而且胸部很大。」

「夠啦，別再說這種話了。」

對方穿著清純的連身洋裝，胸部看起來也的確明顯，雖然阿實壓低了聲音，但還是不該說這種話。阿實見我如此，笑著帶過後，有些遺憾地嘆口氣。

「如果年紀比我大，就無可挑剔了。」

「你還是老樣子耶。」

「我就是死性不改嘛。那你覺得她怎樣？」

「嗯？當然是覺得很可愛啊。」

就算不問我，幾乎全人類都會這麼想吧。阿實刻意地聳了聳肩，然後又裝模作樣地撇了撇食指。有夠煩。

「我不是這個意思，是問你想不想跟人家交往，或是希望人家當你的女友啦。」

「那不是一樣的意思嗎……不過我想想……」

我的確沒見過那麼可愛的女生。可愛到一旦看向她，視線就會被奪走。但如果問我有沒有阿實說的那種心思——

「我沒那個意思耶。沒跟人家講過話，根本沒辦法思考這種事。而且以後也不會跟她有什麼瓜葛吧。」

畢竟她有可能退出文執，就算沒退出，我們文執雖然只有一、二年級，也是個快要一百人的集團。在談論交往之前，我們可能連一句話都不會說，一年就過去了。

我在心中這麼想，我的朋友卻對我投以傻眼的目光。

然而數十分鐘後——

「我看你們很有機會扯上關係嘛。」

文執分成三個部門。第一次全體會議進行各部門的說明會，然後讓一年級新生填寫志願部門。今天第二次會議就以該問卷結果，決定一年級會分配到哪個部門，各部門再各自集合。而這位君岡學妹，也在我隸屬的部門當中。

阿實不懷好意地笑著戳我的身體，而且正如他所說，既然我們隸屬同一個部門，就不會完全毫無瓜葛。

「嗯……是啊。」

這位君岡學妹跟她旁邊的一年級女生有說有笑。她不時遮著嘴角歡笑的模樣，看起來楚楚可憐，讓人目不轉睛。

因此就在這個時候，我和正好看向我的她四目相交。

原本很後悔不該直盯著人家看，然而儘管她瞪大眼睛好一陣子，最後還是露出柔和的微笑對我點頭致意。

我又差點被那抹笑容奪去心神，但這麼一來，可就分不清誰才是學長了。當我也急忙輕輕點頭致意，部長一句「部門會議要開始了喔」救了我一條命。

由於這是第一次召開部會，首先進行自我介紹。因為是從二年級開始，很快就輪到我了，但我也只說一句：「我是牧村智貴，理學院生物系，請多指教。」

阿實在旁邊要我再熱絡一點，所以我想他一定會來一段逗趣的自我介紹，沒想到完全冷場了。好歹有留下深刻的印象啦。

二年級的自我介紹順利結束後，輪到一年級。他們跟已經互相認識的二年級不同，接下來必須用心聽，並儘可能記住誰是誰，所以我挺直腰桿集中精神。在我身旁的阿實也一樣，而其他同屆的人也是吧。當一年級介紹到一半——

「我是君岡美園，就讀人文學院社會系。有人跟我說，上了大學之後會有很多開心的事，所以很努力準備大考。我想在這裡創造許多美好回憶，請大家多多指教。」

她起身之後挺直腰桿，柔和的表情與不疾不徐的說話方式兩相烘托，給人留下高雅的印象。想當然耳，結尾的鞠躬也非常流暢，是一連串宛如教科書的動作。

我本來就打算記住所有一年級的自我介紹，如果是臉和名字，應該幾乎記住了。但偶爾不經意會想起的人，總是那名楚楚可憐的女孩。

◇◇◇

第二次全體會議的隔天是新生歡迎會，我們借用大學內的合宿館二樓當作會場。像文執這麼龐大的集團，若要集合所有成員只能借用這個場地。

委員長帶頭舉杯後，過了二十分鐘，正好來到太陽下山的時間，窗外的景色開始轉暗。氣氛並沒有隨之黯淡，不過場內的模樣開始出現些許變化。剛開始大家是平均分成好幾個團體，如今人數已經產生變動，慢慢集中在某些地方。

像這種場合，受歡迎的人身邊總會聚集人群。以文執來說就是委員長和副委員長，以及健談的二年級生。事實上，現在這些人的身邊確實聚集著很多人。

不過今天最大集團的中心人物是一名新生女孩，有將近一半的男生聚在她身邊。

「太猛了。」

「就是說呀。」

我下意識道出的自言自語，卻有個人附和。我拿開原本要就口的紙杯往身旁一看，只見自己身邊有個從活動剛開始，就跟我處在同一個圈圈的一年級女生。

她是跟我同部門的一年級生，記得是叫宮島志保。她有一頭黑色短髮與修長的身形，算是個冰山美人，即使被人團團圍住也一點都不奇怪，但之所以沒有如此，或許是因為她的右手無名指戴著一枚戒指吧。

「啊，恕我失禮了。」

「不會，別介意。」

大概因為我一臉訝異，宮島學妹輕輕低頭致歉。沒能機靈地回話，我才覺得愧疚。

「她平常在學生餐廳之類的地方也常常被人搭訕，不過一來到這種場合，果然更誇張了。」

「因為是聚會嘛。照妳這麼說，妳跟她是朋友？」

我說完這句話才想起來，昨天開會時，在君岡學妹身邊的人就是她。

「對。我們入學之後才認識，不過同系。都是人文學院社會系的學生。」

「這樣啊。」

我又沒能機靈回話，對話就這麼中斷。覺得有些尷尬，於是跟著宮島學妹把視線移向君岡學妹。她被以學長為主的男生包圍，可愛的臉龐掛著笑容，但眉尾已微微下垂。

這可能是我多管閒事，但就是想幫她做點什麼。原本想如果有純女生的小圈圈，就誘導她過去，不過很可惜現場並沒有那種圈子。

「學長，我可以叫她過來嗎？」

「好啊，贊成。」

聽到宮島學妹這個適時的提案，一籌莫展的我欣然同意。

當君岡學妹聽見「美園——！」這道響亮的呼喚，她抬起有些低垂的頭，看見出聲的人和揮動的手，隨即露出一抹開朗的笑容。

隨後，她不斷對身邊的人低頭致意，離開那個圈子往這裡走來。她的一舉一動和抬頭挺胸步行的姿態，果然非常高雅。

「對不起喔。小志，謝謝妳。」

「沒什麼啦。來，坐這裡。」

「謝……謝謝妳。」

宮島學妹在我和她之間讓出一個人的空間，讓君岡學妹坐在我們之間。我思考她為何要如此，後來馬上明白她想拿我當擋箭牌。

剛才圍著君岡學妹的男生們還面帶遺憾地留在原地，她應該是想以防萬一吧。

「牧村學長，恕我打擾了。」

如此說道的君岡學妹也對我恭敬地低頭致意。她慢慢坐下的動作依舊帶著高雅的氣質，再加上微微的清甜香氣，壓著裙襬的舉動，更讓我心跳加速。

「原來妳記得我的名字啊。」

這是我為了掩飾緊張而說出的話語，但君岡學妹不知為何開心地笑了。

「是啊，那當然。」

「當然？」

我自己說這種話可能很好笑，不過我的自我介紹完全不起眼。所以不禁疑惑，那是理所當然會記住的嗎？

「呃……」

「順便問一下，學長記得我們的名字嗎？」

本想等待閃爍其詞的君岡學妹再說些什麼，宮島學妹卻跳出來發問。而且不知道為什麼，微微探出身子的人並非提問的宮島學妹，而是君岡學妹。她直盯著我看，感覺就像在等待我回答一樣。

「妳們是君岡美園和宮島志保對吧？我記得喔。」

「原來學長記得我們呀。」

君岡學妹鬆了口氣，淺淺笑道，那對美麗的唇瓣因此勾起小小的弧度。那副模樣依舊可愛動人，讓人有些害臊。

「沒什麼，這不值得開心喔。跟一年級相比，要記的人只有一半啊。」

「沒有這回事啦。光是能讓牧村學長記住，就很開心了。」

君岡學妹開心地瞇起眼睛，她稍微歪頭，深棕色髮絲因此隨之晃動。宮島學妹輕觸她那嬌小的肩膀，面對我說道：

「學長叫我志保就行了喔。」

「了解。那麼志保，妳也能隨意稱呼我。大部分的人都叫我牧牧就是了。」

「那我叫你牧牧學長。」

志保是個和外表相反，不拘小節的人，對我真是絕佳的救贖。

「君岡學妹也是，妳可以隨意稱呼我。」

「君岡學妹……」

我以為君岡學妹也會跟著叫我牧牧學長，但直到剛才還掛著笑臉的她，突然一臉失落。我說了什麼不該說的話嗎？

「啊……既然學長叫我志保，請你也用名字叫美園嘛。不然這樣像在排擠她耶。」

「小志……」

在文執中，男女之間感情很好，以名字稱呼彼此已是常態。即使如此，沒有本人的許可就直呼剛認識的女孩子名字，實在令我卻步。不過君岡學妹看著我的表情，好像在說希望我用名字叫她。大概吧。

「呃……美……美園。」

「有！」

我因為緊張而結巴，但美園還是喜形於色，以開朗的聲音回答我。

「學長好像比叫我的時候，多想了一下耶。」

「因為這麼鄭重其事，讓我很緊張啦。啊，看妳要叫我牧牧還是什麼都可以。」

我自覺的確想了很多，所以只好迅速轉移話題。

「謝謝學長。不過，我可以暫時繼續叫你牧村學長嗎？」

剛才不是說我排擠人嗎？

「其實她上大學才改頭換面，所以別看她這樣，還不習慣跟男生相處啦。」

「小志，別說了啦。」

「是喔。真想不到。」

畢竟她的外表非常可愛，穿著打扮也可以說很合乎本身的氣質，完全感覺不出這是她不習慣的打扮。

我心裡這麼想並看向美園，她的視線正好從志保移到我身上，我們四目相交。她一臉靦腆，視線稍微和我錯開後，又回到我身上。原本雪白的臉頰因此染上些許色彩。

「啊，抱歉。」

「哪裡，我不覺得反感。」

我自知自己的視線很冒昧，但她有些慌亂地搖搖頭，臉上再度浮現可愛的微笑。

「那就好。謝謝妳。」

「不會，學長別這麼說。」

她溫柔地笑道並低頭致意，雖然只是輕輕點個頭，卻有著十足誠意。

「不過如果是這樣，去女生的圈子比較好吧。我去跟她們說一聲。」

美園剛才待的圈子已經因為失去中心人物而瓦解，然而這樣隨便一看，還是能見到幾個望著她的男人。要是那些人再多喝幾杯黃湯，可能就會過來展開突擊。一樣的事假如一再重複，或許會讓美園覺得不好受。人家難得參加迎新，我不喜歡這樣。

「咦？就繼續跟學長聊不好嗎？」

志保以輕佻的語氣要求維持現狀，美園盯著我看，看得出她的臉上寫著不安。大概是害怕打破現在這個平衡的狀態，重蹈剛才的覆轍吧。

「放心吧。有個安全的地方。」

我看向不知不覺形成的一個女生圈子，卻聽見志保低喃著：「不是啦，我不是這個意思。」我不太懂她的意思，但現在還是必須把人送去女生圈子才行。

「機會難得，妳們女生就去聊聊吧。人家都說第一步最重要呢。」

「那個……」

「嗯？」

「以後還能跟學長聊聊嗎？」

「若妳不嫌棄，隨時都行。」

美園的臉上還留著些許不安，所以我用力點頭。我想她應該是在說客套話，但還是有禮地道謝並回以一個可愛的笑容，讓我有些難為情。

後來，我把美園她們交給同一部門的二年級女生，自己則是混入阿實所在的圈子。我不時偷偷看向她那邊，見到她的表情不像被男生包圍時那麼為難，也就放心了。

每當我查看狀況時，幾乎都會和她四目相交，她時而微笑，時而羞怯的模樣，一再奪走我的目光。

在這樣的狀態下，迎新很快來到結束時間，眾人即將一起離開會場。但無論是要去續攤的人，還是要回家的人，都遲遲不肯離開合宿館。我也一樣，大概是還沉浸在聚會的餘韻當中，每次都這樣。

「牧村學長。」

在這樣的狀況之下，我因為這聲呼喚回頭，只見美園就在那裡。志保在她的後方和二年級女生們聊著天，所以美園一看到我，就離開她們來到我身邊。

「怎麼了嗎？」

「牧村學長會去續攤嗎？」

「我明天要打工，所以打算回家。」

「這樣啊。啊！我也要回家，可以一起走一段路嗎？」

她看起來開心得連笑容都多了些光彩。我還以為那句「以後還能跟學長聊聊嗎？」

是客套話，但她露出這副表情，連我也感到很開心。

「我是無所謂，可是妳不跟她們去續攤嗎？」

「對。小志因為要搭公車，沒辦法續攤，所以我也乾脆回家好了。」

「畢竟今天是星期六嘛。」

這一帶相較之下算偏僻，星期六公車的末班車是晚上十點多。現在已經過了晚上八點半，如果跟著去續攤，其實沒什麼時間享受樂趣。

「美園妳走路嗎？家在哪個方向？」

「正門出去走五分鐘就到了。」

「那跟我方向一樣。我們送志保去公車站，然後我再送妳到半路。」

「可以嗎？謝謝學長。」

離開大學校地後，路燈便會減少，如果她家只要走路五分鐘，其實我想送她到家門口。可是就算她看起來再怎麼開心，一定也不希望今天才剛認識的男人跟去家裡吧。

「啊，那我去叫小志過來。」

「好，拜託妳了。我不趕時間，妳們慢慢打完招呼再離開喔。」

「好的，謝謝你，牧村學長。」

美園溫柔地瞇起眼睛，同樣禮數周到地鞠躬後離開。她的一舉一動實在美得讓人著迷，我看著她離開的背影，再次這麼想道。

「讓學長久等了。」

「久等了。」

部分要去續攤的人開始移動，當其他人也接連離開會場時，打完招呼的美園和志保來到我面前。

「不會，沒等多久。那我們走吧。」

「好，麻煩學長了。」

只是回家的路一樣而已，美園卻不知道為什麼開心地低頭致意。

「既然志保搭公車上學，代表妳住老家嗎？」

當美園、志保和我三人並排走著時，我想身為學長，還是必須挑起一點話題，於是選了個安全的問題。

「是啊。我要先坐公車去車站，然後再搭電車。如果運氣好不用等車，單程大概四十五分鐘吧。」

「還真辛苦啊。」

「辛苦是辛苦，不過一個人住更辛苦吧？妳說呢，美園？」

「嗯……不知道耶。因為我反而不曉得住老家通學會有多辛苦啊。」

「是這樣沒錯啦，可是要做家事，很辛苦吧？」

「會嗎？我喜歡下廚，而且其他家事也用不了多少時間呀。嗯，通學時間再加上早晚要擠尖峰時段的車，我倒覺得通學比較辛苦。」

回想起剛入學半個月時的自己，總有一股一個人住顯得很全能的感覺，當時還覺得做家事有趣。如今已經成了習慣，是不覺得麻煩，但也沒有樂在其中。

「學長聽見了嗎？她在強調自己是個賢慧的女人喲。」

「才不是！學長，我沒有喔。」

美園急忙否認志保的揶揄，卻不知道為什麼要對著我說。「我真的沒有喔。」她一邊這麼說，一邊提起視線盯著我看，她的視線與染紅的臉頰交疊，就正面的含義來說，實在對心臟有害。

「放心，我知道啦。美園不是會耍這種心機的人。」

「牧村學長……謝謝你。」

安心的美園輕輕吐出一口氣，開心地瞇起眼睛。雖然我們接觸的時間尚短，但她表現出如此豐富的感情，讓我強烈認為她是個好女孩。不認為她會說謊騙人，也不覺得她的個性會刻意強調這種事。而且在場的男人只有我，更沒有必要這麼做。

「所以到頭來，美園是個天生賢慧的女人是嗎？」

「就是這樣吧。而且她感覺真的很會做家事。」

「沒有啦，沒這回事。」

她表現得很謙虛，表情卻很開心，看得出來她是真的擅長做家事。

之後，我們邊走邊聊迎新的話題，出了校門口後，來到一旁的公車站。若是平日白天，不管什麼時候經過都會看到有學生在等車。不過似乎沒有任何人在星期六晚上前往車站的方向。

「妳要搭幾點的公車？」

「現在這個時間……九點零二分吧。」

「還有十分鐘左右呢。」

「啊，你們不用陪我等車也沒關係喔。請學長用這段時間送美園回家吧。」

如果是美園和志保兩個人，美園感覺會一起在公車站等車。而且雖然公車站周圍很明亮，把一個女孩子留在這裡實在讓我過意不去。所以原本想留下來和她一起等車，志保卻先下手為強。

「小志，這樣不好啦。牧村學長，我也送到這裡就可以了。」

「好啦，就讓人家送妳回去嘛。牧牧學長也沒問題吧？有十分鐘時間，就可以從這裡到美園家來回走一趟了。」

關於這點，我完全不介意，而且也不想讓她一個人走夜路。只不過如同剛才考慮的因素，我也有點忌諱跟去美園的家。

所以我用美園聽不見的音量詢問志保：「她不會討厭我跟去她家嗎？」結果志保傻眼地看著我，然後嘆了口氣，並把美園叫過去咬耳朵。

「我怎麼可能討厭！啊……」

「這是她說的，所以請學長送她回去吧。」

美園大聲否認後，羞紅了臉然後低著頭。至於志保則是看著我，得意地笑了。

「好吧。那我送美園回家。可以嗎？」

「謝……謝謝學長。」

「早該這麼做了。」

「不過要先把妳送上公車。美園也同意吧？」

「是的，那當然。」

現在輪到我得意了。志保也拿我們沒轍，她比出舉手投降的手勢，露出苦笑。

直到公車抵達的這十分鐘時間，我們繼續聊著迎新的話題，很快就過去了。

「牧牧學長，謝謝你。美園就拜託你囉。那麼美園，明天見。」

「嗯，小志，晚安。」

「回去路上小心啊。」

晚上九點零二分發車的公車晚了一分鐘，從大學前公車站出發。志保和美園兩人分別從公車內外互相揮手，我覺得有點難為情，所以只稍微舉手示意。

「好了，我們走吧。走這條路嗎？」

「是的。麻煩學長了。」

我指著公車行進的方向詢問，美園點頭後，又有禮地對我鞠躬致意。我想她的教養一定很好吧。

「今天還開心嗎？」

照理來說，身為學長或許不該問這種問題。畢竟就算不開心，也無法老實說出來。不過從離開合宿館到現在，美園臉上始終掛著笑容。儘管剛開始有些為難，整體來說，應該還算開心才對。

「開心。剛才很開心，現在也很高興。」

「那就好。」

說實話，我不太懂「現在也很高興」是因為什麼，不過迎新對她來說，似乎是個很好的回憶。笑容滿面的美園這麼回答，我也覺得非常開心。

「紅綠燈那裡要往哪邊走？」

我指著前方不遠處的丁字路口問道。

「往左轉，下一個紅綠燈再往右轉。」

「了解。」

我大概知道美園住哪裡了。從校門口徒步五分鐘的距離、這個方向，再加上她這身良好的教養。我想應該是大學附近據說租金最貴的房子吧。

「那個……牧村學長。」

「嗯？」

我們來到丁字路口，望向打破短暫沉默出聲叫我的美園，就這麼和仰望我的她四目相交。她以有些緊張的表情仰望我，可愛到犯規了。我強忍著想急忙別開視線的衝動。

「我是……想說，聯絡方式……就是……如果可以，請學長告訴我。」

她面紅耳赤地錯開視線，接著又對上，如此反覆把這句話說完。

「呃……」

我沒能馬上回答。停在紅綠燈前，維持手指勾著口袋的姿勢，就是無法筆直看著美園。但我的眼角餘光還是看得見彷彿快被緊張壓垮的她，所以基於罪惡感，我將手伸進口袋，取出手機，她這才露出明顯安心的表情。

但是，我可以現在跟她互留聯絡資訊嗎？這是束縛她的行為。要是跟我（學長）互留聯絡資訊，以後如果想退出文執，將會有難處。就算我搬出這個理由婉拒，她也不好說「那我不問了」。話雖如此，我也不想什麼都不說就斷然拒絕。

「牧村學長。」

當我猶豫該怎麼抉擇時，美園溫柔地笑著呼喚我。

「難道學長在想『我可能會退出』嗎？我不會退出喔。」

「為什麼——」

妳會知道我在想什麼？

因為我的反應，美園知道自己猜對了。她面帶溫柔的微笑繼續說道：

「我聽朋友提過。啊，不是小志喔。對方說要是一加入社團就跟學長姊互留聯絡方式，想退出的時候會變得很為難。牧村學長人很好，所以我想說，你一定是顧慮到這層原因。」

「實際上，真的會讓妳變得難以退出喔。」

我覺得文執的活動很有趣，但也知道不全都是有趣的事。

文化祭執行委員會必定會從各系或學程當中挑出成員，在名冊上，一個學年的總人數輕輕鬆鬆就會超過一百人。可是當迎新結束，隨著活動漸漸步上正軌，一年級的人數便不斷減少。

我們每週開兩次會，六日還有製作看板之類的工作，能留到十一月文化祭正式展開的人，根本不到一半。去年也是這樣，所以今年毫無疑問也會如此。

「我不會退出喔。」

「就算妳現在這麼想——」

「不，我不會退出。其實我去年有來參加這所學校的文化祭。」

美園臉上保持微笑，搶在我前頭把話說下去。她的聲音靜謐卻又堅定。

「也看到執行委員們非常疲累的模樣。即使如此，你們的表情看起來還是很充實，感覺非常開心。所以我努力念書備考，心想一定要加入執行委員的行列。所以就算辛苦我也不會退出。」

美園果斷地這麼說，又有點害羞地補充：「但也不只這樣啦。」

「美園……」

我知道她是個好人。可是每個人的時間有限。文執的工作並非義務，如果有其他想做的事情，當然會選擇離開這裡。無論那是念書、社團、打工，還是其他活動。

大學生的行動範圍很廣，因此我下意識覺得美園也是總有一天會離開的新生。這讓我覺得無地自容。同時也覺得筆直地看著我的她，是那麼耀眼。

「抱歉。我以為這是為了新生著想，卻完全沒替妳想。」

「那麼，請學長未來要多想想我的事喔。」

美園有些調皮地笑著這麼說，接著補充：

「而且……都麻煩學長送我回家了，你不覺得區區聯絡方式，沒什麼大不了嗎？」

「啊……的確。」

知道家住哪裡更沒辦法脫身。美園遮著嘴呵呵笑道，深棕色的髮絲也隨之搖曳。

「那就沒問題了。」

「嗯。」

我和帶著燦爛笑容的美園互相留了聯絡方式之後，她將手機捧在胸前，輕聲說了一句：「太好了。」

從她直盯著手機看，就能知道那句話並不是說給我聽的，正因為如此，那滿臉的喜悅才更令人心動。

「接下來我們的活動會愈來愈正式，要是有不懂的地方都可以問我。」

「好。謝謝學長。請你要多多指導我喔。」

我隨手舉起手機示意，美園則是有些刻意地稍微歪頭，開心又可愛地笑道。

她跟我不一樣，個性外向，所以應該能馬上打進學姊的圈子裡，到時候我就功成身退了。只不過在那之前，我都想回應她這張笑臉。

之後我送她回去的地方，果然和料想的一樣。那是一棟聽說房租七萬圓，附有自動鎖的女學生專用高級公寓。以偏鄉大學的學生住所來說算是很少見。順帶一提，我那間公寓的租金是四萬五千圓。

「請學長改天來玩喔。」

「假如有機會吧。」

「太好了。我們說好囉？」

在文執當中，男女之間相處的距離很近。不是一對情侶的男女單獨出去玩，並不是什麼稀奇事。只不過會去的地方基本上都是男方的住所，而且要來這種女生專用又有自動鎖的地方打擾，難度其實很高。美園雖莫名開心，我的心臟卻承受不起這樣的挑戰。

「好了，那我走了。」

「好。」

我們站在入口的自動門前，美園在一瞬間露出失落的表情，但又馬上轉為笑容仰望著我。

「謝謝學長送我回來。」

「妳不用這麼客氣。這個方向其實離我住的地方很近。」

「即使如此，學長能送我回來，還是讓我非常開心。學長在歡迎會上也幫我解圍，而且……沒事。總之，我今天之所以能滿心幸福地回家，都是多虧牧村學長。」

「……我沒做什麼大不了的事啦，既然妳開心，那就好了。」

她直率的言語讓我有些難為情，忍不住別開視線。

「是啊。我真的很開心……啊，不好意思，一直不讓學長走。」

「不會，沒差。反正我也不急。」

我是真的不趕時間，也不覺得她抓著我不放，反而覺得現在是我不讓她走。

「不過我也該走了。再見啦。」

「好。牧村學長，晚安。回家路上請小心。」

「……好，晚安了，美園。」

我已經多久沒跟人道晚安呢？至少自從上大學之後就不曾有過，而且這好像是我第一次對家人以外的人道晚安。我想自己只是看到美園以美麗的姿勢鞠躬，所以也想回應她罷了。

後來我回到家，把手機從口袋裡拿出，然後丟到床上，這才發現有一則訊息通知。

『牧村學長，今天真的很謝謝你。多虧了學長，我度過一段美好的時光。未來也請學長多多指教。　君岡美園』

「這段文字還真有她的風格。」

毫不矯揉造作卻禮數周到，看到這樣的文字，我自然而然展露笑容。

『我才是，請妳多多指教。　牧村智貴』

我煩惱了好一陣子該怎麼回，最後還是只回一句簡單的話並學她署名就傳出去了。我是可以耍帥、裝模作樣，但由自己做這種事，只會變成反效果吧。

「未來也……是嗎？」

我又看了一次美園傳的訊息，想必沒有深意的這個單字，卻莫名殘存在我心中。

◇◇◇

文執迎新會的隔天，我上午忙著打工。早上醒來一陣子，才看到美園傳了『學長早安，工作請加油。』的訊息給我。因為這樣我覺得今天工作的心情比平常還要舒爽。

而這麼替我加油的美園，現在不知道為什麼正在我工作的家庭餐廳看著菜單。正確地說，是用菜單遮著臉的下半部，視線在我和菜單之間往來。志保則坐在美園對面，帶著不懷好意的笑容看向這邊。

「妳們為什麼在這裡啊……」

我昨天的確說過「今天要打工」。說是說過，可是我又沒說自己在哪裡打工，她們也沒問。我原本想應該是聽別人說的，但自己是在迎新之後才跟美園說要打工。我不認為別人之前跟她聊天的時候，會提及這件事。

「不好意思～」

正當我思索著為什麼時，其中一位當事人把我叫過去。好歹用服務鈴叫人啊。

「兩位決定好餐點了嗎？」

「哎呀，這不是牧牧學長嗎？你怎麼在這裡？打工嗎？」

再刻意也該有個限度。我知道志保從剛才開始就看著我，還不懷好意地竊笑。至於美園，則是拿著菜單把自己的臉完全擋住。

「給人的感覺完全不一樣耶。現在這樣絕對比較好。美園也是從剛才開始，就一直叫好帥好帥，煩死了。」

「小志！」

美園猛然放下擋在面前的菜單，以羞紅的臉龐對志保的發言投以抗議的視線，但當她和我對上視線，卻又用菜單遮住自己的臉。

「不對嗎？」

「……是沒錯。」

我在打工時，有用髮蠟固定頭髮。更進一步說明，我們整套制服是白襯衫配黑西裝褲，腰上圍著短圍裙。給人的印象或許真的會因此改變。

只不過被人誇獎帥氣讓我覺得很是害臊，所以決定當作沒聽見。

「畢竟是餐飲業，還是要稍微上點髮蠟固定才行。要是頭髮掉進餐點裡就不好了。所以妳們要點什麼？」

「牧牧學長，你在害羞嗎？」

「妳少管。快點餐。」

現在時間不到十一點，雖然是星期日，客人卻來得不多。現在是稍微有點閒暇可以陪她們聊，但要是跟兩個外表姣好的女孩子聊得太久，等等回到後場時，不知道會被說些什麼。

「那我要這個鬆餅跟飲料吧。美園，妳呢？」

「請學長幫我點跟小志一樣的。」

美園的臉還是藏在菜單的另一頭。從旁可見的耳朵有點紅。這隻可愛的生物到底是什麼啊？

「讓兩位久等了。這是您們的餐點。」

東西做好後，我隨著這句制式說詞一同上菜，並說明自助飲料的使用方式。

「奇怪？」

「我們沒有點這個草莓慕斯耶。」

她們點的只有鬆餅和飲料。但此刻擺在她們眼前的餐點，除了上述兩種，還各多了一杯草莓慕斯。我耍帥準備了這玩意兒是不要緊，然而一旦要當面告知，卻又覺得難為情。儘管早已準備好「要是妳們不喜歡草莓，那就抱歉了」這句說詞，看來是沒機會說出來了。

「這是明細，妳們看吧。」

只要她們看過明細，就會明白我的用意了。拜託妳們要看懂。志保接過只印有她們點的東西的明細，露出一抹微笑，接著她直接遞給美園看。現在美園已經卸下菜單防護罩，正常露臉了。

「那個……我們會付錢的。」

「那就變成我強迫推銷了，所以妳們什麼都別說，吃就對了。」

看到美園連忙拿出錢包，著急的人反而是我。這明明只是我自作主張，對著首次擁有的學妹耍帥，要是真讓她付錢，那也太難堪了。

「就是說呀，美園。要是不讓牧牧學長請客，他好不容易耍帥就變成耍笨了。」

志保使出掩護射擊助攻，卻連我也被打到。她絕對是故意的。

「所以妳在這種時候呢，只要說一句：『牧村學長，謝謝你。我最喜歡你了。』就行了喔。來～」

「喂。」

「咦！那個……牧村學長，謝謝你……我最喜——」

「不用真的說！」

我在危險的單字即將蹦出來的前一刻出聲阻止。雖然是玩笑，要是聽到美園這種純真的人繼續說下去，我的平常心會崩毀。美園已經冷靜下來，了解到自己剛才差點說了什麼話，再度攤開菜單遮住羞紅的臉。只不過她這次只遮下半邊，水潤靈動的眼眸還是看著我。

這讓我有些後悔，早知道剛才就該不惜犧牲平常心，也要聽她把話說完才對。

「啊，對了。姑且聲明一下，今天說要來這裡的人是我。美園很客氣，她怕打擾到牧牧學長就不好了。還有，她臉很紅喔。」

志保像是忽然想起什麼開口這麼說，但我本來就覺得應該是這麼一回事。儘管我和美園相處的時間還很短，卻也不認為她會說出那種話，我反而覺得這就是志保會幹的事。還有，最後那句話就免了。

「我本來就覺得是這樣了。志保，妳是聽誰說我在這裡的？」

「我的男朋友認識牧牧學長。」

「誰啊？」

「你猜猜？」

志保以挑釁的表情說道，但說實話，我只能投降。候補人選太多了。

「算了，總有一天會知道。」

「學長好乾脆～」

「猜不出來的事，再怎麼強求都沒用。而且我也不能在這裡聊太久。所以，妳們慢慢坐吧。我走了。」

結果我離開之後，她們也沒有再鬧我，在中午前跟我點頭致意後，便離開店裡。

我在休息時間拿出手機來看，發現美園又傳了一則有禮周到的道謝訊息。星期日的客人很多、很累人，但多虧了美園，我覺得自己下半場也能努力上工。實際上我一路工作到傍晚，也確實幹勁十足。

我的班到傍晚結束，換完衣服後，發現手機又有新的訊息。是文執的朋友渡久地傳訊息給我和阿實，要我們買好飲料，晚上七點集合。

我在晚上七點前來到渡久住的公寓時，阿實已經在那裡了。他手上的塑膠袋裡，放著大量的罐裝啤酒和下酒菜。這傢伙在星期日晚上是想喝多醉啊？我才買兩罐耶。

「嗨。對了，你說你今天打工嘛。」

「對啊。你有聽渡久說要聊什麼嗎？」

阿實看著我的髮型，舉手致意，我也同樣舉手回禮。

「沒耶。」

「算了，反正他不是你，聊的話題一定很有內涵。」

「就是啊。呃……喂。」

「我一直覺得這裡的樓梯很可怕呢。」

「對啊。等等，不要直接帶過啊。」

我無視阿實對自己的吐槽，走上發出「嘎吱」聲響的公寓樓梯。我一直覺得這座樓梯總有一天會垮。

「哈囉。」

「我們來囉。」

打開門便看見渡久在套房裡對我們招手。

「哦，進來，快進來。」

「你該不會已經開喝了吧？」

見渡久的興致比平常高昂，阿實傻眼地問道。

「好啦，別管這麼多。坐下，坐下吧。」

我和阿實面面相覷，以眼神交流，知道雙方都想著「拿他沒辦法」之後，脫下鞋子來到茶几旁。阿實一股腦把自己買的那袋東西放在茶几上，我則是輕放。

「好了，你要聊什麼？」

「好啦好啦，先來乾杯嘛。」

「你已經在喝了吧？」

渡久的身邊倒著兩罐應該已經空了的啤酒罐。

「來，乾杯——」

「乾杯。」

「乾杯。」

習性真是一種可悲的東西，當渡久一喊乾杯，我們便急忙開罐，舉杯回應他。

「好了，所以你們現在怎樣？」

乾杯之後，我小口啜飲，阿實則是大口灌著啤酒，此時抛出這句疑問的人是渡久。因為他這麼問，我們這才明白他想聊什麼。

這是文執的傳統，當別人只問「怎麼樣？」、「如何啊？」、「最近怎樣？」就等同於「我們來聊戀愛話題吧」。就算在場只有三個男人也一樣。

「哎，我嗎？還可以，就那樣啊。」

「你就老老實實說自己毫無感情生活啦。」

「才不是沒有！我有去聯誼啊。」

那也只是「去」吧。要是因此跟哪個女生有戲，阿實絕對會馬上說出來。

「看來阿實沒有。阿牧你呢？」

「你覺得我會有嗎？」

「不覺得。」

「對吧？」

渡久應該也很清楚。阿實和我——尤其是我根本不可能有什麼感情生活。即使如此他還是特意挑起這個話題，這代表他有什麼話想說吧。綜合他在我們來之前就開始灌酒來看——

「我懂了。你又被甩了啊？」

看來阿實也跟我得到同樣的結論，他拍了拍渡久的肩膀說道。

「今天就喝吧。我明天第一節有課，不過還是會陪你啦。」

我明天早上第一節有課，但既然朋友失戀，就沒有不安慰他的道理。然而見我們如此反應，渡久卻以一副難以置信的眼神看著我們，然後做出勝利手勢。

「才沒有被甩。我交到女朋友了！」

當下，兩道「去死」的聲音重疊了。

「你們太沒良心了吧！」

「去死這句話，在我老家那邊是恭喜的意思。」

「我老家那邊也是耶，阿牧。」

「你們老家根本不一樣吧……」

已經乾了兩罐氣泡調酒的渡久落到被我們譏諷的下場，早已沒有平常意氣風發的模樣。我無可奈何，只好催他進入主題。

「好啦，玩笑就先放一邊。對方是誰？」

「游泳社的學妹。」

「我才想說你最近都不來文執，原來在把妹啊。」

「不是，我才沒有！不對……其實也沒錯啦。你們看嘛，游泳社的學長姊人數比文執還少啊，所以像迎新之類的活動很需要人手。」

這番死命辯解的說詞應該不是胡謅，不過這位女朋友想必也占了很大的因素吧。阿實也想著同一件事，他看著我，露出苦笑搖頭。

「現在已經沒那麼忙，所以我以後會乖乖去文執啦。然後啊……」

我們想問的事都問完了，渡久便展開以介紹女友為名的炫耀。說她嬌小可愛、圓臉可愛、跑步可愛、呼喚他的聲音可愛等等。我聽了五分鐘之久，開始沒心情喝酒了。

「人家是學妹，所以你們四月認識，然後今天才開始交往吧？真虧你有辦法這麼滔滔不絕耶。」

我帶著一半敬佩、一半傻眼的心情詢問，渡久卻一臉欠打地回答：

「因為我有考慮到結婚啊。」

「嗚哇，好沉重。」

我下意識道出真心話，他卻不怎麼介意。我看了看阿實，他也是有些退避三舍。

「阿牧啊，你談了戀愛也會懂啦。對吧，阿實？」

今天的渡久實在有夠煩。

「對……對啊。不過我上一任女朋友，已經是高中時期的事了，當時也沒考慮到結婚……吧？」

話題落到阿實身上，他顯得很為難，讓人有點同情。

「不過身為一個大學生，我這樣很正常啦。」

「就算交到女朋友，我也不會突然變成考慮結婚，還在交往第一天就大談心上人的優點五分鐘的可悲男人。」

但我交不到女朋友就是了——我說完上頭這句話，渡久竟以看糟糕東西的眼神看著我。糟糕的人是你啊。

「對了，阿牧跟那些女孩子後來怎樣了？」

當渡久稍微冷靜下來，阿實把話題拋到我身上，大概是不想再聽渡久放閃吧。

「那些女孩子？」

「昨天迎新的時候，在你過來找我之前待在一起的女孩子。叫美園跟……志保嗎？她們都很可愛耶。我聽說你後來送她們回去了。」

「你還是老樣子，消息真靈通。不過我真的只是送她們一程，沒發生什麼事。」

「你主動送人？這可能嗎？」

「不可能啊。」

昨天的確不是我主動要送她們，但阿實如此信賴我消極的一面，一點也不開心。

「又不是我主動說要送她們。對方說不去續攤要回家，然後問我要不要一起走一段路，我才順勢送她回去而已。」

「啥！拜託，人家那是對你有意思吧！」

「沒有吧？」

「處男就是這麼少根筋。對吧，渡久？」

「咦？啊、嗯，她對你有意思吧？」

渡久，你也是處男吧？大概啦。再說了，遇到這種事就馬上誤會人家對自己有意思才更像處男吧？

「追根究柢，我們昨天才第一次講話耶。我們第一次見面，而我有什麼讓人喜歡上的要素嗎？當時康太也在場耶。」

我自己這麼說都覺得有點悲傷，但自己並沒有說錯。

在文執二年級男生當中，最受青睞的人毫無疑問是副委員長康太。理由之一是他身為副委員長的身分，此外無論外貌還是談吐都無可挑剔。在這樣的條件下，不可能會有人特意對我一見鍾情吧。

「經你這麼一說，是這樣沒錯。難道不是人家妥協，屈就你嗎？」

「……美園可愛到完全沒有必要屈就我，而且她也不是這種人。」

我當然知道阿實沒有惡意，若是平常，這就是一句聽聽即可的玩笑，現在我卻不知為何無法忽略。

「啊……抱歉。不過……你說呢？」

「嗯，真是意外呢。」

阿實有些尷尬地向我道歉，下一秒卻一臉不可思議地看著渡久。渡久也以相同的表情回看阿實。

「我還是第一次看到你這麼不爽的模樣。」

「嗯嗯。」

「是嗎？」

「是啊。而且我一開始明明提到兩個人的名字，你卻只提其中一個人。」

阿實一臉邪笑並拍著我的肩，我這才驚覺確實如此。但就算是下意識，只要動腦思考，就有辦法解釋箇中理由。

「這沒什麼，畢竟我送到家的是美園，而且志保有男朋友了，只是排除她而已。」

「真的是這樣嗎？」

「嗯嗯。」

就邏輯來說，我覺得這很正確，但連我自己都不認為真的就是如此。於是我一口氣喝光第一罐酒，把手伸向第二罐，彷彿要逃離自己這樣的思緒，以及笑得不懷好意的朋友們。

結果之後我還是繼續灌酒，到了隔天星期一第一節課，我自主休息了。（蹺課）

◇◇◇

宮島志保和君岡美園在大學入學典禮前兩天的新生訓練認識。

新生一開始來到學生會館參加說明會，之後依學院前往下一個會場——就在志保他們人文學院移動到第二學生餐廳之後，她發現一名非常引人注目的同學。

志保對自己的外表也很有自信，但那位同學和自己的類型不同。用不好的方式來形容，就是感覺很受男人喜愛的做作可愛型。染成深色調的頭髮長到肩膀之下，髮尾稍微燙彎，配上自然妝感的淡妝，更突顯她本身的美麗光彩。

其實這對已經有男友的志保來說，根本無關緊要，然而對凡事都要競爭的其他女孩子來說，一定會成為嫉妒的對象吧。

當她這麼想時，那個女孩突然開始左顧右盼。志保本以為她是在尋找高中的同學，她的視線卻幾乎落在正忙著準備活動的在校生集團。難道她在尋找的人是學長姊嗎？

後來有好幾個男人靠近她。這讓志保想起她的男友笑著說過：「人文學院的男人都很輕浮，妳要小心喔。」

（那種類型的女生對打發男生的方式應該得心應手吧。）

不知道她會怎麼打發人，又或者會委婉地留下一絲機會呢？當志保帶著看好戲的視線觀望，那個女孩卻顛覆志保的預料，一看就知道她很不知所措。

如果那是演出來的，那可真有一套。志保這麼想的同時，身體也動起來了。

「欸，妳跟我去那邊坐坐吧。」

「呃？我……」

志保靠近他們，不由分說就拉著女孩的手，把人帶走。可以聽見男人們在後頭抱怨的聲音，但志保完全無視他們，回到原本的座位。還牽著另一個女孩子的手。如果自己是個男的，那她覺得這樣的情景就像戀愛劇中的一個橋段。

「那個……謝謝妳。」

這名女孩戰戰兢兢地道謝，志保這才發現自己還抓著人家的手，於是急忙鬆手。

「啊，對不起喔。我叫宮島志保。是社會系。」

「我是君岡美園。也是社會系。」

「叫我志保就好啦。我也可以叫妳美園嗎？」

「可以。志保……同學。」

兩人稍微聊了一下後，志保這才知道君岡美園的老家在隔壁縣市，現在自己一個人住外面。她一直到高中都沒化過妝，現在是以上大學為契機，改戴隱形眼鏡、染頭髮，並請姊姊教她怎麼打扮。

「妳怎麼會想在大學改頭換面？」

志保雖然提問，卻沒想過能得到一個明確的答案。既然她的底子這麼好，當然會想活用一番吧。志保只是想多個話題才問出口，然而——

「在大學改頭換面……姊姊也說了同樣的話。我是……想要改變自己。」

想要改變自己——這個回答和志保料想的幾乎一樣，但隱約從話中感覺到的含糊曖昧，讓志保產生「應該不只這個理由」的想法。綜合她剛才在尋找學長姊的視線來看，答案顯而易見。

「難道妳是追著學長來這所學校的嗎？」

「妳怎麼會知道！」

「女人的直覺。」

哼哼——志保得意地哼了兩聲。她早就想說一次這句話了，沒想到幾乎讓人上癮，非常舒爽。美園則是以打從心底敬佩的表情看著她。

「但妳沒找到那個人。」

「嗯……雖然我早就覺得他不會在這裡了。」

「對方是人文學院的學生嗎？如果不是，當然不會在這裡啊。」

新生訓練是由新生歡迎委員會籌辦。而且這裡是給人文學院使用的會場，負責迎新的也只有人文學院的學生。當志保這麼解釋，美園遺憾地笑了。

「其實我不知道對方是哪個學院的人。但既然這是新生歡迎委員會主辦的活動，那個人不可能會在呢……」

志保聽到美園的說法，不禁冒出問號。她本以為美園是追著高中的學長而來，但若是如此，連對方就讀的學院都不知道就太奇怪了。可是美園又認為對方不可能是新生歡迎委員會的人。

「那個人不是妳的高中學長啊？」

「嗯……我在去年文化祭上碰到他，他是執行委員會的人。」

「這樣啊。那妳要加入文執嗎？」

「嗯。」

志保不喜歡也不討厭「命中注定」這個詞，她卻覺得現在這場邂逅充滿命中注定。對美園來說更是如此吧。

「我也會加入喔。我的男朋友是文執的老學長，要不要幫妳打聽？」

「拜託妳了！」

見到美園釋出今天最快的反應，志保只能苦笑。如果可以，她希望美園也多放一些注意力在「我也會加入喔」這句話上。

「欸，阿航。現在的文執裡，有個姓牧村的學長嗎？」

迎新活動結束後，志保在搭公車回家之前造訪男友住的公寓。成島航一，這個人大志保兩歲，是她高中一年級時開始交往的男朋友。他住的公寓地段很好，從大學校門前公車站徒步只要兩分鐘。

航一今年春天升上三年級。他去年便從文執引退，但想必一定知道美園去年在文化祭上見到的委員吧。

「牧牧？有啊。現在的二年級生嘛。」

航一在詢問「突然問這個幹嘛？」的同時說出答案，這對志保而言是個近乎滿分的回答。如果對方不是已經隱退的三年級生，而是還在文執當中的二年級生，那美園就能和他一起做事。同時，志保還有一件重要的事情必須問清楚。

「他是什麼樣的人？有女朋友嗎？」

「我想應該沒有。咦？幹嘛？妳不會是要劈腿吧？」

女友接二連三詢問另一個男人的事，讓航一開始心急，於是志保回答：「怎麼可能啊。」並將頭靠上坐在身旁的男友肩上。航一摸了摸她的頭，露出放心的笑容。

「我不知道妳想幹嘛，不過若妳想見他，我可以把人叫來喔。他跟我一樣住這裡。就在隔壁的隔壁。」

這對志保來說，等同獲得她期望中超越滿分的成果。看來美園備受命運疼愛。

「聽說牧村學長沒有女朋友。」

前幾天打聽完，志保就傳訊息告訴美園，表示牧村現在二年級仍然是文執的成員。順帶一提，後來她收到美園傳來一封有禮的道謝訊息。因此她在新生導覽這天，首先告訴美園的消息就是這件。其實她也能在昨天一起告知，但就是敗給想直接說出口，以便觀察反應的欲望了。

「謝……這樣……啊。不過我沒有……那種心思啦。」

美園確實從未明說她對牧村有好感。可是從她昨天說的話和態度來看，這件事再明顯不過。而且她剛才差點笑著說出謝謝，現在又一副壓抑不住傻笑的模樣，這樣的說詞實在很牽強。

「既然這樣，我就去追牧村學長——」

「不行！」

美園下意識大叫，再加上她的外貌本來就吸引人，這下招來更多視線。志保明明有男朋友，美園想必是心急到忘記這件事了吧。

「如果妳不想被人捷足先登，就要積極一點喔。」

「……嗯。」

受到旁人注目，與對牧村的心意曝光——雖然本來就沒藏住——這樣的雙重羞恥，讓美園低著頭，儘管如此，她的回答小聲卻強而有力。

「我有問男朋友關於牧村學長的事，妳想先聽什麼？」

「這個……謝謝妳。不過我自己跟他熟稔之後再問吧。」

「這樣啊。」

志保認為想在情場獲得勝利，其實可以多耍點心機，但像這樣認真、率直的一面就是美園的優點，這讓志保更想支持她。

新生導覽後過了十天，美園引頸期盼的文化祭執行委員會的第一場集會——社團說明會終於到來。

美園對志保的稱呼已經不知不覺變成「小志」，這天她只對著一個方向送出閃亮的視線。她完全不把前來攀談的同屆男生放在眼裡，志保見他們可憐，只好以一句「她已經被預定了」打發那些人。

志保追著美園的視線，看到前方有個應該是學長的男生。志保對他的第一印象是不起眼。身高只比平均再高一點，那張好好先生的臉蛋是不醜，但服裝和髮型都很土，不是很引人注目。

（不過看起來競爭率不高，只要美園積極行動，應該一下子就能搞定吧。）

看來這名讓志保決定出一份力的戀愛少女，意外地能快速修成正果。

這個時候的志保還如此樂觀地想著。

第二章

我自主休息第一節課的隔天——也就是星期二——舉行了第三次文執全體會議。在五月的連休前，這是最後一次全體會議。

我們借了大學的教室開會，主要說明連休之後的全體活動行程，之後會讓一年級生加入通訊軟體的文執群組。

「牧村學長，你好。」

「喔，妳好。」

全體會議結束後，我們還要開部門會議，在移動到別間教室的途中，美園過來跟我打招呼，我也回了同一句話。上次的「晚安」也是，我已經多久沒聽到別人這麼跟我問好了啊？至少自從我上大學，除了「早安」之外也只會說「辛苦（你）了」，旁人對我也是如此。

「嗨，美園……我能這麼叫妳吧？」

「可以。學長好。呃……是實松學長和……」

「原來妳記住我啦。然後這個人應該是妳第一次見到，他叫渡久地。」

「是第一次見面沒錯。辛苦妳啦，請多指教。」

「好的。請多多指教，渡久地學長。」

你們兩個也給我問好——正當我心裡這麼想時，渡久開始多嘴。

「她就是阿牧前天提到的女生？」

「對對對。好了，阿牧，我們先走了。」

「啊……喂。」

他們只說了這些，就頂著同一張詭譎的笑臉，分別拍拍我的左右肩膀，然後先行跑著離去。其實也要歸咎於我上次推託其詞，他們似乎還抱著奇怪的誤會。

「學長，『前天提到的』是指……」

「啊……那不重要，妳不用在意喔。」

「我果然給你添麻煩了嗎？」

「麻煩？什麼意思？」

我不懂美園為何要一臉不安地仰望著我。畢竟自己從未覺得她是什麼麻煩。

「我想說……去打工的地方找你，是不是打擾到你了？」

「喔，跟那個沒關係啦，我也完全不介意，所以妳也不用放在心上喔。」

經她這麼說，我才發現前天是美園（和志保）來打工地點找我的日子。美園不知道我之後去渡久家聊了什麼，站在她的角度來看，大概是誤會我跟人抱怨有學妹來打工的地方，很傷腦筋吧。或許我打腫臉充胖子請她們吃甜點，反倒助長了美園的罪惡感。

「呃……其實我之前都沒玩過社團，沒有認識什麼學弟妹。」

把自己的心情訴諸言語，可真是難為情。尤其我是個鮮少做這種事的人。但與其讓眼前的學妹一臉不安，我覺得自己還有那種能耐吞下這一點羞恥。

「所以……學妹來打工的地方找我……我也覺得挺高興的。」

「這樣啊……承蒙學長這麼說，我很慶幸自己有去找你。」

見美園臉上的不安已經消失，轉為靦腆的笑容，我補說一句「不過要是太常來，我也很傷腦筋啦」，但她想必知道我是在掩飾害羞吧。只見她用手遮著嘴角端莊地笑了。

「牧牧，你好慢！」

「對不起。」

當我走進部門會議的會場，和美園分開之後，等著我的是與我同屆的島內香，一看到我就開口罵人。

我和美園在走廊停下來說話，之後在部門會議開始前抵達會場。換句話說並沒有遲到，但只有一年級的美園是如此。我身為二年級，唯有今天情況不太一樣。

文執這個團體分成三個部門，各部門內部又分成好幾個各司其職的組別。這次的部門會議就是要對一年級生介紹每個組別。所以本來說好要早點前往會場，跟同一組的香商討流程，我卻遲到了。

「好了啦，香。阿牧剛才在走廊建構兩人世界，就放過他吧。」

「兩人世界？喔，原來是這麼一回事啊。」

香看著一臉邪笑面對我的阿實和渡久點點頭，接受他們的說詞。我根本不記得自己有建構出那種東西，但要是跟他們槓上感覺不會有好事，所以選擇沉默。

「唉，算了。牧牧生性認真，一定記得要講什麼內容。」

「嗯，我沒問題。但還是跟妳道個歉。」

我們早已事先決定好要怎麼做介紹，今天只是要做最後確認。話雖如此，遲到確實讓我心生愧疚，於是乖乖低頭道歉。

「不過既然是跟學妹聊天，確實不好說出自己在趕時間呢。因為是你嘛。」

「……是啊。」

就算不是我，別人也會這樣吧。

「嗯。這是難得的聊天機會，要是以趕時間為由把人丟下，那太沒品了。」

香甩甩手，要我別太在意。

「妳這麼說真是幫了我一個大忙。對了，說到幫忙，迎新的時候，謝謝妳收留美園和志保。」

香非常可靠，像個大姊姊一樣會照顧人。所以我才放心把人送到當時以她為中心的小圈子。

「我覺得我才應該跟你道謝耶。她們都很乖，跟我在一起的人也很開心啊。」

香說到這裡，故意露出不懷好意的笑容。

「話說回來，雖然是學妹，我沒想到牧牧你會這麼照顧女孩子耶。戀愛學分有進展了嗎？」

「……好了，部門會議要開始了。」

「嗚哇，落跑了。」

部長宣布會議開始是事實，我只是照做。正因為如此，儘管香心有不滿，並沒有繼續追問。

我們隸屬的部門是文執當中的展演企畫部，主要工作是管理並協助以社團為首，所有參加文化祭的團體。

部門內又分成「第一舞台組」、「第二舞台組」、「第三舞台組」、「攤販組」、

「校舍內活動組」、「戶外表演組」、「跳蚤市場組」共七個組別，今天也會照這個順序逐一介紹。我和香屬於第二舞台組，所以是第二個上台，很快就輪到我們了。

其實只是照事前擬好的說詞介紹，但看到聚集在前方的新生都盯著自己，依舊很緊張。即使如此，還是不能讓學弟妹看到自己沒出息的模樣。尤其是被一邊做筆記，一邊認真望著我的學弟妹看到。

各組介紹完畢後，部長宣布連假後的行程，部門會議就到此結束。今天雖然介紹了各個組別，卻會在五月的第三個星期才實際調查每個人希望加入哪一組，所以其實還很久。這段期間一年級生可以互相討論，或詢問二年級學長姊，算是給他們時間收集情報以便做出選擇。

「牧牧學長，今天也可以一起走嗎？」

正當我打算和朋友一起回家時，志保帶著過剩的笑容叫住我。美園也跟在她身後。

「原來妳在啊？在部門會議前沒跟美園一起，我還以為妳沒來。」

「我在啦！剛才在講電話。」

「阿實、渡久，你們也看到了，再見。」

我舉起手和兩名朋友道別，結果他們同時帶著詭譎的笑容，豎起大拇指。所以說不是你們想的那樣。

「麻煩學長啦。」

「牧村學長，謝謝你。今天不用送到家沒關係——」

「那邊離我家也沒有很遠，妳如果不反感，就讓我送到家吧。」

「我怎麼可能會反感。謝謝學長，麻煩你了。」

美園鞠躬道謝，志保則是在一旁豎起大拇指。連妳也來這套嗎？

「那我們走吧。」

全體會議在晚餐後舉行，後來又開了部門會議，即使沒有拖延，時間也已經很晚。研究棟還亮著燈光，校舍中也還有夜間部的課程，不過被路燈照亮的校舍內幾乎沒有人影。我就帶著兩名學妹，走在這樣靜謐的路上。

「妳們有稍微思考過要加入哪個組別嗎？」

「我已經決定好了喔。」

「我也是。」

「真意外。」

我隨意拋出話題，結果得到意料之外的回答，自己也老實說出感想。

「這很意外嗎？」

「為什麼？」

「這個時期的一年級生會做好決定很稀奇，這是我聽說的。」

事實上我就是如此，而且回想去年，其他人也大多是這樣。所以才會間隔一段與人商討的緩衝期。

「每個人都是覺得文化祭好像很好玩才會加入社團，可是根本還不懂我們的工作內容是什麼吧？所以我們才會隔出一段讓人見習的時間。」

「經學長這麼說，的確是如此。」

「可是離問卷調查有三個星期，只憑這段時間，應該也搞不懂要做什麼吧？」

「嗯，是啊。」

像第一舞台這種社團招牌或是攤販等組別，因為廣為人知，也就很受歡迎。這些組別也想招很多人，雙方都是如願以償。不過其他組別就不是這樣了。

說到一年級生會以什麼樣的標準做選擇，最大的因素就是隸屬該組別的二年級生。在公關宣傳部和活動企畫部裡，各分成兩個大組別，所以情況不太一樣，但我們展演企畫部分成七個組別，因此分組問卷調查其實也是另類的學長姊人氣投票。然而去年的我並非以此當成選擇基準就是了。

「所以大部分的人都會跟各組的二年級生談過之後再做決定。」

「感覺好像人氣投票喔。」

「實際上也很類似啦。不過志保妳還真清楚耶。」

「美園就是這樣決定的啊。再綜合牧牧學長的說詞，我就覺得大概是這樣。」

「妳就這樣講出來嗎！」

聽完志保的推論，美園一臉佩服，卻被突如其來的流彈殺得措手不及，漲紅了臉。我是很想問她要去哪一組，但感覺很像在問她「看上哪個學長？」所以問不出口。而且冷靜地思考，也很有可能是學姊啊。

「順帶一提，我想去第一舞台組。學長想知道美園會去哪一組嗎？」

「……算了，不用——」

「是第二舞台組。」

這道蓋過我發言的聲音，完全出乎意料，讓我直盯著說話的人。當自己和依舊紅著臉的美園四目相交，她又清楚地說了一次：「我想去第二舞台組。」她想去的是我隸屬的組別。

「……這樣啊，因為香吧。」

仔細想想，和美園關係最密切的學長姊，是迎新跟她一起的香吧。更進一步說明，在迎新會場上，她也知道我是相較之下算無害的人。就某個層面來說，這個選擇或許理所當然。

「牧牧學長，你真的很那個耶。」

我了然於心說出自己的結論，但不知為何美園一臉失落，志保也發出傻眼的聲音和視線。實在無法接受。

「那小志，我們明天見。晚安。」

「回去路上小心喔。」

抵達校門前的公車站後，公車也幾乎同時進站，我們開口向志保道別——

「我今天還不會上車喔。」

志保表示她有事要繼續往前走，就這麼往我和美園要前進的方向走去。我和美園面面相覷一會兒，才追上志保的腳步。

「她要去妳住的地方嗎？」

美園才剛跟志保道晚安，我覺得應該沒這回事，但還是詢問走在身邊的美園。

「不知道。我也以為她剛才會上車。雖然我是完全不介意她來我家啦。」

「還是要去男朋友家啊？」

「啊，有可能喔。」

「好了好了，請你們不要進入兩人世界。我也在耶。」

「兩人世界……」

走在前頭的志保回頭這麼說，我的心中卻浮現疑問——現在流行這種說法嗎？而走在我旁邊的美園則是反芻她的話語，然後低下頭。

「還不都怪妳這傢伙自己走在前面。」

我有點傻眼地開口抱怨，結果志保和美園一臉意外地看著我。

「學長剛才說了『妳這傢伙』？」

「啊，抱歉。我不小心脫口……」

如果是對男性友人，我的確會這麼叫，也很偶爾會這麼叫香，但除此之外從未這麼叫過女孩子。

「不會不會。我一點也不在意啦。牧牧學長也開始不再那麼客套了嘛。」

雖然志保笑著這麼說，我卻覺得有些尷尬。她為人隨和似乎使我不小心卸下心防。

「真好。」

「咦？」

「啊……」

我和志保望向這道低喃的源頭，出聲的人卻別過臉，快步往前走。

「什麼東西『真好』？」

「這件事不該由我來說喲。」

我又收到一道傻眼的視線。是因為我剛才用「妳這傢伙」叫她嗎？我覺得世上沒有一個女孩子喜歡人家這麼叫她。美園想必也不可能是什麼特殊案例。

「好了，我就到這裡，請學長讓她停下來吧。稍微強勢點抱住她，她就會停了。」

「這難度也太高了吧。妳用正常的方式叫她停啦。」

「學長真是膽小。喂，美園——我到了，妳快停下！」

志保對著走在十公尺前方的美園大喊，美園這才停下來，然後慢慢轉頭看向我們這邊。她的表情顯得有點尷尬，卻也是新的面貌，很可愛。

她正好停在路燈下，彷彿沐浴在聚光燈下，看起來如詩如畫。美得讓我產生奇怪的想法——要是抱緊她，看起來或許就像連續劇當中的一幕。

「就是這裡。」

志保在幾秒後追上美園，因為她這麼說，我環視四周，這才發現馬路的另一邊，有一棟對我而言非常熟悉的建築物。同時心中的幾個疑惑也有了解答。

「我懂了。是阿成學長啊。」

「答對了。我本來還想看到更吃驚的表情耶。」

「阿成……學長？」

現在美園站著的地方，以及志保表明「就是這裡」的兩層樓建築，是我住的公寓。志保就是要來這裡。時間這麼晚了，因此可以推測這裡恐怕是男友的居所。而她的男友跟我認識，所以符合條件的只有一個人。

「就是住在這裡的成島航一。他是大我一屆的文執學長，去年引退了。我們都叫他阿成學長。他是志保的男朋友吧？」

「啊。我有聽說小志的男朋友是執行委員的老學長。」

「就是這麼一回事。我都叫他阿航啦。」

我和阿成學長組別不同，不過都是展演企畫部，而且又住在同一個地方，所以他很照顧我。難怪志保會對我瞭若指掌。下次見面的時候，我要叫他阿航以示報復。大概會被罵就是了。

「那我就到這裡。美園，再見。牧牧學長，謝謝你了。」

「好。再見了。」

「小志，晚安。」

我們輕輕揮手道別，志保就這麼踩著輕快的腳步走上公寓的樓梯。

「這下我知道她為什麼要跟我們一起走了。」

「……是想告訴我們她的男友是誰嗎？」

「那是原因之一吧。其實這裡也是我住的地方啦。」

「什麼！原來這裡就是牧村學長住的地方啊。」

「二〇五號室。就那間。」

美園睜大了原本就水汪汪的大眼，以迅雷不及掩耳的速度把視線移向公寓。因為她吃驚的模樣實在太可愛，我忍不住報出房間號碼。

美園嘴裡喃喃唸著「二〇五號室」並仰望公寓，一會兒後，她的視線回到我身上，有些不解地歪著頭。這個舉動也很可愛。

「我看房間只有四間，卻有五號室嗎？」

「因為沒有一〇四和二〇四。聽說不吉利。」

其實不只這裡是這樣，有很多公寓不會設讓人聯想到死亡的四號室。

「我的房間號碼就是二〇四……」

「……總之我先道歉。」

我見美園又顯得有些失落，於是老實道歉，她卻呵呵地笑了。

「不過我們都住二樓第四間房間呢。」

「的確是……不過……」

美園稍微瞇起眼睛，開心地露出微笑，讓我差點看呆，但身為學長有一件事必須告訴她。

「安全起見，還是別把自己的情報告訴別人比較好喔。尤其妳又是女孩子。」

剛才或許是因為我先說自己住的地方，她才會跟著說出來，但即使這樣也不行。女孩子一個人住，要小心的地方比男生多。尤其美園又比別人可愛，因此更讓人擔心。

然而美園卻詫異地眨了一回那雙大大的眼眸。

「謝謝學長替我擔心。不過我不會隨便告訴別人喔。」

接著稍微放鬆臉頰的肌肉。

「如果是學長，完全沒有問題。」

「是喔……我該……謝妳嗎？」

「不客氣。」

她的意思應該是我人畜無害，不過能獲得她的信任還是讓人開心。配上那抹純真的笑容，頓時讓我陷入自己是獨一無二的錯覺當中，因此在美園的視線之外悄悄握緊拳頭。我告訴自己，不要太往自己臉上貼金，然後延續與帶著笑容的她對話。多虧五月的連休近在眼前，不愁沒話題。

「對了，美園連假會回老家嗎？」

「我還在考慮。牧村學長你呢？」

「我不會回家喔。還要打工，而且就算回家也沒事可做。」

「……決定了。我要留在這裡。」

美園本來還說她尚未決定，結果聽了我的回答後，稍微思索一會兒，接著輕輕點頭仰望我。

「為什麼妳也要留在這裡？」

「我本來想說可以回老家放鬆，但這麼一來，下星期一和星期五的課必須請假。所以才會猶豫不決。」

她說到這裡，微微錯開仰望我的視線。然後再次提起視線看我，以靦腆的表情開口發出「呃——」的思索聲。

「牧村學長打工的日子是哪幾天呢？」

「…………啊，我想想……」

我之所以無法及時反應，也叫不出腦中的記憶，有一半是因為看美園看得入迷，另一半則是想說的話突然四散，只好拿出手機打開日曆程式。

「是三十號、三號、四號，還有七號。」

「那個，既然如此……」

美園可愛的表情不知不覺間變得有些僵硬，現在的氣氛跟她上週問我聯絡方式時有點像。不同的是這次她的目光並未錯開。被染紅的臉頰和水靈的眼眸有著驚人的破壞力，反而是我差點別開視線。

「能不能在牧村學長方便的日子，一起吃個飯？」

「如果只是吃個飯，我很樂意。」

「真的嗎！」

美園一改緊張的模樣，像盛開的花朵一樣毫無陰霾，看到我點頭，她便露出燦爛的笑容。其實我本來就打定主意，不管她說什麼——反正本來就覺得美園的要求一定不會太過分——都會答應。

「剛才我說的那幾天不太方便，除此之外都可以。」

「好！牧村學長想約午餐嗎？還是晚餐？請問你喜歡吃什麼？」

美園的興致莫名高漲，不斷向我提問，但很可惜時間到了。

「啊，到了……」

「距離連假還有一點時間，我們慢慢討論吧。」

她情緒上的落差實在太有趣，我哈哈笑了兩聲並舉起手機示意，她這才笑著道出我的名字。

「好的，牧村學長。晚安。」

「好，晚安了，美園。」

如果今天面對的是別人，我一定會因為害羞而無法這麼坦蕩。然而我在這個女孩面前，卻能自然而然說出「妳好」、「晚安」這些詞。這讓我沒來由覺得非常舒心。

◇◇◇

這天是四月的最後一個平常日。假如是平常，我結束打工後一定會快速更衣然後回家。但這天沒有更衣，而是站在更衣室的鏡子前沉吟。

在彼此往來將近十次訊息後，我和美園總算講好吃飯的日子。我們約好去車站附近的日本料理店吃午餐，接著按照她的希望，前往離車站有點距離的城址公園。

這個行程是沒差，我也很期待。但問題是當天該穿什麼赴約？不用我多說，大家都知道美園壓倒性地可愛，所以既然我們要一同上街，即使這不是約會，走在她旁邊的我總不能跟平常沒兩樣。要是不做某種程度的打扮，或許連美園都會被人看不起，重要的是自己會坐立難安。我看著鏡子，思索該怎麼辦才好。

髮型就像現在（打工時）這樣，再做點潤飾就行。而且當初包含制服在內，也獲得美園的誇讚。當我想起當時的事，不禁覺得臉頰有些燥熱，連忙甩了甩頭。我還得思考服裝才行，快冷靜下來。畢竟再怎麼樣也不能穿這身制服去，既然如此，乾脆西裝……那也太誇張了。

關於這種事，在我認識的人之中最好找阿實商量，但還是覺得難以啟齒。按照他的個性，是會認真幫我搭配服飾，卻免不了問東問西。

「一件一件搭配看看吧。」

煩惱到最後得到這個結論便離開更衣室，結果被大家捉弄，說我頂著一張怪臉站在鏡子前。我決定把這個當成無可奈何的代價。

◇◇◇

到了約定當天，當我來到約好的大學校門前公車站的下一站，和平常沒兩樣的美園已經先到了。她身上穿的連身洋裝是我從未見過的款式，依舊很可愛，不過整體來說，完全沒有任何刻意的感覺。當然了，以外貌等級來說，平常的美園都比我用心打扮後的等級還高。我本來就沒資格對人品頭論足，也沒有那個打算。

只不過我明知這不是約會，還是在不知不覺間想像美園會以什麼打扮來赴約。當我發現自己如此沖昏頭，不禁感到沮喪。然後對擅自期待又擅自沮喪的自己感到生氣。原本應該是如此——

「牧村學長，你好。今天麻煩你照顧了。」

「美園，妳好啊。」

看到發現我而鞠躬行禮的美園，我也開口回應。自己的心情只因為這點小事就一掃陰霾，究竟是為什麼呢？

「那個……我覺得……今天的牧村學長很帥氣。」

「謝、謝謝妳……」

美園帶著微紅的臉龐以及靦腆的笑容，稱讚「今天的」我，讓我感到自己的臉一陣熱，並向她道謝。幸好有打扮。自己可真是現實。

「其實自從跟學長約好，我便一直很期待今天到來。」

「也對。我沒去過那間餐廳，不過大家都說好吃，我也很期待。」

「不，我是說……說得也是呢。」

我們接下來要去的那家店，價錢對學生的錢包不是很友善，然而大家的評語都很不錯。看美園也很期待，真是太好了。她明明說期待，卻又用有些遺憾的眼神看著我。

「這是我第三次坐這個路線的公車。」

當我們坐在連接大學和車站的公車上，美園開心地這麼說道。

「而且三次都是很美好的回憶。」

與其說開心，更像是細細品嘗幸福滋味的表情，讓人覺得很耀眼。

「妳說三次，是今天、考試的時候？還有……去年來參加文化祭的時候嗎？」

「對。坐在往車站方向行駛的公車上，每次都是很美好的回憶。包括今天也是。」

「考試的時候也是嗎？」

我是明白文化祭的回程，還有一直期待的今天會很開心，但既然考完試回家也是美好的回憶，就代表——

「代表考得很好吧？妳一定很認真準備。」

「是的。這都是多虧牧村學長你。」

「我？」

美園帶著滿面的笑容向我道謝，我對她的大考有什麼貢獻嗎？

「啊……其實我……是因為來參加文化祭，才會想努力準備大考。」

美園一瞬間露出為難的神情，但又馬上轉為遮掩害羞的笑容，開始述說理由。

「我抱著『明年要來這所學校成為執行委員』的想法努力念書。所以是牧村學長你的功勞。」

「妳能這麼說，我很高興，但妳太抬舉我了。」

「才沒有這種事。就是牧村學長讓我看見那幅景色的呀。」

遮羞的笑容消失，一道認真的視線貫穿我。這個學妹為什麼對我有這麼高的評價？

「不好意思。我突然說這種事，學長也很困擾吧？」

美園收起認真的面容，慵懶地笑了。

「不會。不覺得困擾，我應該謝妳……對嗎？」

「對。」

現在輪到我用笑容掩飾害羞。美園見我如此，便瞇起眼睛笑了。

之後，我們彼此談論大學新生活，聊著聊著，公車抵達目的地。

想當然耳，我根本沒有和女性一同出遊、當護花使者的經驗。包括美園在內，我是送過好幾個女孩子回家，但那不叫護花使者吧？所以一旦下了公車，將會步入未知的領域。總之我現在該做的就是在走路時，千萬不能忘記配合她的步伐。

「那我們走吧。」

「好，麻煩學長了。」

畢竟適逢五月連假，車站前的行人比平常多很多。雖然不至於被人潮淹沒，但一個不小心，也可能會和人撞在一起。

「要是出意外就麻煩了。」

如果是戀愛戲劇，這時候是我瀟灑牽起美園手的場景，但我們只是單純的學長、學妹關係，自然不能牽手。而且就算我們是一對情侶，也沒辦法突然說牽手就牽手。

「我們慢慢走吧。」

「……好。」

美園微微低著頭，她的手似乎動了那麼一下，應該是為了不走散，就這麼跟我縮短半步的距離。我們沒有並肩走著，但只要一有大動作，手大概就會彼此碰在一起。在這樣的距離之下，有些害臊地仰望我的美園實在很可愛，讓我心跳加速。

只不過是距離稍微拉近，我就這麼緊張，看來全世界的情侶都常態性地做著非常厲害的事。我在這個雜念和緊張感中，配合著美園的步調前往目的地。

「我姓牧村，有預約。」

我們造訪的日本料理店位於從車站徒步兩分鐘的飯店十樓。店內的裝潢大概是一種稱作和風摩登的風格，全體樣式屬於現代風，但也有拉門和紙門這種日式裝潢，也有美麗的木紋桌椅，兩者搭配得毫無衝突。店裡似乎有純和風的榻榻米包廂，不過包廂費很貴，只能作罷。

「這間店的氣氛真不錯。好棒。」

美園看起來也很喜歡，這我就放心了。我們約好要吃飯時，本來想讓她自己挑要吃什麼，她卻要我以自己的想法為優先，完全不肯退讓。說到跟女孩子一起吃飯的餐廳，不外乎就是義式餐廳或法式餐廳，但我們又不是約會，這樣未免太刻意，所以才改變主意，選了日式料理。然而實際來到現場，我發現這裡也是一間很刻意的店。

「來，菜單。」

我們跟著服務生來到座位，我讓美園坐在靠窗的位子後，將菜單遞給她。

「謝謝學長。怎麼了嗎？」

「我想起妳來家庭餐廳時的事。一看到菜單，就忍不住想起來。」

我想起當時的事，然後發出輕笑，美園見狀覺得不解，於是出聲詢問，卻沒想到我想起的竟然就是她。回想起滿臉羞紅地用菜單擋住自己的美園，再跟現在眼前的狀況做比較，不禁讓我笑了出來。

「請你忘了吧……牧村學長欺負人。」

「妳當時太可愛，忘不了啦……啊。」

鬧彆扭的美園太可愛，我下意識說出真心話，回過神來時，已經來不及了。我們瞬間陷入尷尬，但當時的事再度在眼前上演，我頓時覺得滑稽，因而又笑了出來。

「啊……嗚嗚……」

美園也察覺現在的狀況。她拿開菜單，頂著紅潤的臉，對我投以抗議的視線。

「抱歉抱歉，我不會鬧妳了，快看要點什麼吧。」

「好……」

我盡力佯裝冷靜，但脫口說她「可愛」後，又被她以那種視線盯著看，我的臉都熱了。成功將她的視線誘導到菜單上，真是鬆了一口氣。

至於美園，她似乎已經事先鎖定菜單的品項，很快就看好並抬起頭。看起來軟嫩的臉頰上，還留有些許溫暖的色彩。

後來我們點的是只提供到五月的春季限定午間套餐。

「其實這是我第一次吃日本料理的套餐。」

第一道菜是名為卯之花的豆腐渣小菜，之後還陸續上了九道菜。這和懷石料理好像有點不同，但憑我臨陣磨槍的知識根本不懂哪裡不同，只好老實這麼說。再說了，我連卯之花是什麼都不是很清楚。

「原來是這樣啊。那真是我的榮幸。」

「榮幸？為什麼？」

「第一次的經驗才會留下印象不是嗎？被學長選為這樣的對象，我很榮幸。」

「這……還請妳手下留情。」

「好。」

美園呵呵笑著這麼說道。我從未有過這種想法，但我想自己的確不會忘記今天發生的事。

「開動吧。」

「好。我要開動了。」

「我要開動了。」

我覺得她的優點果然就在這裡。阿實說過：「會說『開動』的女生都是刻意做作，你要小心一點。」但只要看著美園，便能知道她並沒有那種心思。她的「開動」宛如行雲流水一樣自然且高雅。

「真好吃。」

「嗯，太好了。」

說實話，聽她這麼說，我打從心底鬆了口氣。幸好這家店真如大家所說的美味。

「牧村學長也不用這麼擔心啊，只要是你選的店家，我都不會挑剔喔。」

「……有這麼明顯嗎？」

「只有一點點喔。」

「我還以為藏得很好。敗給妳了。」

「因為我看得很仔細呀。」

美園這麼說完，有些得意地笑了。

接在第二道菜之後上菜的第三道是放有豆皮的湯品。我從沒吃過豆皮，只聽說味道像豆漿一樣，所以小心翼翼地送進嘴裡品嘗，沒想到意外地合胃口。

「這是我第一次吃豆皮，沒想到很有嚼勁耶。」

「是啊。這個豆皮有一點厚度，所以口感更好呢。」

如此聽來，美園吃過豆皮吧。其實純粹是我沒吃過，所以別人吃過並非是什麼稀奇事，但如我所想，她很習慣這種場合。她大概吃過昂貴的懷石料理吧。優美的行為舉止也是如此，不像我會心慌猶豫。

「學長又一臉複雜了。」

「啊……妳覺得這次我在想什麼？」

美園有些傷腦筋地笑了。我為了藏起些許劣等感造成的煩躁，也為了不讓她誤會自己跟她相處很不快樂，便以調皮的口吻這麼問道。

「我也不是什麼都知道喲。」

她似乎也了解我的用意，在苦笑的同時以開心的語調回答。

「啊，牧村學長要點酒嗎？應該差不多要上很下酒的料理了。」

她的家人大概會喝酒，所以也知道這種場合該在什麼時候喝酒。

「這是個誘人的提議，不過先算了。我已決定在生日之前，儘量不在外面喝酒。」

然而我也不是不會喝，所以沒辦法說什麼冠冕堂皇的話。

「學長的生日是什麼時候？」

「九月喔。」

「我也是九月！是幾日？」

「十八日。妳呢？」

「我是三十日。那麼……」

「嗯？」

「沒事，沒什麼。」

得知雙方的生日後，美園眼睛一亮，本想說些什麼，最後卻把話吞回肚子裡。其實我有點在意，但思路還是往「九月三十日時，該送什麼禮物給她」的方向前進。我還真是性急。

繼生魚片、烤魚、燉菜、炸物、日式雜煮飯與醃菜之後，現在擺在眼前的是甜點。是一口大小的櫻餅、草莓大福，和杏仁豆腐三種。在我的一般常識中，女孩子都喜歡甜品，美園似乎也不例外，她正興致勃勃地看著甜點。

「我最喜歡吃草莓了。」

經她這麼說，我又想起那天在打工餐廳的事。我招待美園（和志保）的東西就是草莓慕斯。雖然是家庭餐廳的廉價甜點，我依舊選對了東西，覺得很高興。既然她這麼喜歡，我本來想把自己的份也給她，但這麼一來，美園或許會因為我的體貼而心生愧疚，所以作罷。真不知道這種時候怎麼做才正確。

「妳喜歡就好。」

「當初有下定決心約學長，真是太好了。」

美園的視線從裝有甜點的精緻和風器皿移到我身上，然後瞇起眼睛，露出溫柔的微笑。今天有來這裡，真的是太好了。這是我第幾次這麼想呢？

吃完午餐，我們離開這家店，一起搭乘飯店的電梯下樓，準備前往下一個地點。美園從要離開店家時，就一直以不滿的表情看著我。她的這種表情也好可愛。

在她開口前，我首先捫心思考，卻完全不懂她為何露出這種表情。那家店的氣氛和料理都很好，她自己也這麼說。我既讓她坐在窗邊的位子，也在她沒看到的時候結帳。實在找不到自己哪裡做錯。我陷入名為錯覺的現實逃避，覺得自己意外地做得很完美。

「牧村學長，謝謝你的招待。」

我們一出飯店，美園隨著端正的鞠躬向我道謝。但當她抬起頭，臉上依舊留著些許不滿的色彩。她的言行舉止和表情根本不一致，不過當我看見她從掛在肩上的白色小包包中拿出錢包，這才明白為什麼。

「我不收妳錢喔。」

「可是！」

她就是這種人。美園連幾百圓的草莓慕斯都想付我錢了，在她看來，剛才的午餐錢由我支付，她肯定很不滿——應該說是過意不去。

「總之我們邊走邊說吧。」

「好……」

儘管我開口要她往前，她的腳步卻顯得沉重，表情也很陰沉。這跟不滿的表情不太一樣，現在這樣不能算可愛。不對，臉蛋本身還是很可愛啦。

「妳真的不用在意這麼多。」

「不行。畢竟說要一起吃飯的人是我——」

「選那家店的人是我。」

「可是……」

我覺得她是個循規蹈矩的女孩。如果把她當成標準，我總有一天會因為女性關係吃到苦頭。不對，應該是不至於啦。

「可是……如果一直讓學長付錢，不就沒辦法拜託你下次再一起出來玩了嗎？」

「咦？」

正當我的思緒往無聊的事情偏離，這句始料未及的言語傳進耳裡。

「呃……這……這可能是我自作多情，但我可以把這句話解讀成妳還想跟我一起出來玩，是嗎？」

「對，沒錯…………啊。」

美園本來筆直看著我堅定地這麼說，後來卻別開視線。從那張緩緩染上色彩的工整臉蛋來看，可以很清楚知道那句話是她不小心脫口而出的真心話。聽到她說得這麼直接肯定，喜悅和羞赧已逐漸在我的內心膨脹。

「這個……該怎麼說呢……謝謝妳？」

「請學長忘了吧……拜託你。」

「抱歉，不太可能忘記呢。」

美園的臉彷彿要噴出火來，我跟她就這麼不發一語地走了一陣子。我想自己的臉也跟她差不少吧。

「牧村學長。」

我們的沉默長達體感三分鐘，美園首先開口：

「我還是覺得一直讓你請客不太好。所以……下次可以不要……」

當美園說到後面，好不容易才退卻的熱能，又在她的臉上抹上紅暈。循規蹈矩的美園這副模樣非常可愛，我得忍著快露出傻笑的衝動。

「好啦。只不過很抱歉，今天就當作給我面子，忍耐一下吧。**下次**我們……呃……一起想想該怎麼做吧。」

其實這本來就是美園先開口表示，但我實在沒想到剛認識兩個星期的女孩子，會主動跟我約下次見面。話雖如此，我也不能讓學妹請客，所以含糊其詞，表示雙方一起思考。以我來說，算是很精采的表現了。

「學長用這種說法好狡猾。下次輪到我請客喔。一定喲？」

美園紅著臉露出彆扭的表情，然後笑著伸出小指。

「呃……這該不會是那個意思？」

「應該就是學長心裡想的那個。」

也就是所謂的打勾勾。美園伸出小指，她的臉還是很紅。

「如果妳很難為情，就別——」

「不行。要是不確實約好，牧村學長又會找理由請我。一定會這樣。」

完全被她看透了。我有這麼好懂嗎？

「好吧……我跟妳約好。」

「好。說好了喔？下次換我挑餐廳喲。」

當我們的右手小指碰在一起的瞬間，美園有些心癢地瞇起眼睛，靦腆地仰望我。美園纖細的小指看起來好像一用力，就會被我折斷，但出奇地柔軟，再加上她的視線讓我的心跳急遽加速。

徒步前往車站北邊的城址公園，大約需要二十分鐘。我邊走邊跟美園說說大學內部和附近的好康情報，公園便來到視線可及的場所。

「人比想像還多耶。」

因為適逢五月連假，不是家族出遊就是情侶約會，我本來便覺得人會很多，但以為至少有空間可以悠閒散步。然而一看到眼前的人群，我開始覺得不太可能了。

「裡面好像有美食展。我應該先調查清楚。不好意思。」

「啊……我也一樣沒調查啊，妳別介意。」

我光顧著拚命找餐廳，以為之後只要隨便散個步就行，自己也有不對。

「難得來了，就去看看吧。如果有可以當零食吃的東西也好，沒有的話，就走走看看當散步吧。」

「好。謝謝學長。」

說是這麼說，今天舉辦的美食展都是分量很多的攤位，幾乎沒有剛吃飽午餐的我們能吃的東西。更進一步說，即使想散步，人卻多到險些與美園走散；即使想休息，別說長椅，甚至沒有樹蔭可坐。最後我們只好死心，往公園外面移動。

「真是不好意思。學長你都帶我去那麼棒的餐廳吃東西了，我卻搞砸……」

美園本來就想來城址公園，因此深感自責。面對這樣的她，我很煩惱該說些什麼。如果她是我說一句「別在意」就真的不會在意的人，也不會如此自責吧。因此與其胡亂安慰，不如用不同的方式鼓勵她。

「不然作為交換條件，妳答應我一件事，我就不計較。」

當我豎起食指，美園便將整個身體湊上來。太近了。

「我什麼都願意做。」

這句極具魅力的言語誘惑，彷彿要吹飛當初所說的話一樣襲向我。沒事的，我很冷靜。沒事沒事。

「我要妳別放在心上。」

只見美園眨了眨她的大眼，正打算開口說些什麼——

「妳不是說，第一次的經驗才會留下印象嗎？我不希望讓自己體會到第一次的對象一臉沮喪。所以妳笑一笑吧。」

我借用美園說過的話語，搶先開口。說完之後，我用左右兩隻食指提起自己的嘴角給她看。今天發生的事情一定會深刻地留在記憶當中。無論是美園的笑容、鬧彆扭的表情，還是不滿地看著我的視線全都會留下。但我不想在記憶中留下這張沮喪的臉。

「牧村學長……」

美園低聲呢喃我的名字後，遮住嘴角輕輕地笑了。雖然還有些不自在，現在這張表情卻是我想留在記憶中的模樣。

「我果然還是覺得牧村學長……」

「我怎樣？」

「……祕密。」

美園靦腆地將食指放在嘴邊，我不知道她原本想說些什麼。只不過這張表情，一定也會留在我今天的記憶中吧。

之後，我依照美園的希望，從小路慢慢走回車站。她說這是代替沒能在公園做到的散步。只不過我在前往公園的過程就很快樂，所以這不是「代替」，反倒比較像追加獲得的樂趣。

到車站後，我們比原訂計畫早了一些坐上公車，搭回大學的方向。我把美園送回家後，自己也回家了。

過了一段時間後，我已經稍微冷靜下來，想起自己今天的發言，只覺得想死，於是決定喝酒逃避。

◇◇◇

五月連假前的某個平日晚上，君岡家的餐桌圍繞著一股微妙的氣氛。原因是前往外縣市就讀大學的君岡家次女——美園收回了在連假回老家的計畫。

她的雙親（尤其是父親）很擔心在外獨居的女兒，本來想看看她的模樣，而美園的妹妹乃乃香原本也很期待從趁著上大學改頭換面的美園口中，聽聽大學生活如何，因此他們三人都感到很可惜。

「我本來想回家好好休息，可是這樣就得跟學校請假，而且也想多適應一下一個人的生活。」

美園取消回家計畫的理由非常正當，但看在知情的姊姊花波眼裡，很明顯是謊話連篇。既然在距離連假只剩不到一個星期的這個時候取消計畫，不難想像是因為美園和她的心上人「牧村同學」有什麼進展了。相較於其他覺得可惜的三個人，花波倒是很期待聽妹妹說說這方面的事。

花波吃完氣氛陰沉的晚餐回到房間，發現手機有一則新訊息。傳訊息的人是美園。內容是——

『拜託姊姊救救我。』

「什麼意思？」

花波見到這一行不平穩的文字，不解地歪頭，然後找出妹妹的手機號碼撥號。美園就像抓著手機等待一樣，響兩聲就接了。

「妳怎麼——」

『姊姊……』

上次是什麼時候聽見妹妹如此哭哭啼啼的聲音呢？說不定是她跟牧村的約定告吹了。當花波思索著該如何安慰時，美園說她想切換成視訊通話。花波同意後，電話改為視訊通話。當她看見妹妹在螢幕另一頭的樣子，就什麼都懂了。

「總之妳先去把妝卸掉吧。」

螢幕另一頭的妹妹不發一語地點點頭。花波等了幾分鐘後，視訊通話再度展開。

「所以呢？妳為了替自己和牧村同學的約會做準備，練習怎麼化妝，結果就變成那樣？」

『嗯……』

這是在梳妝打扮上很常見的事例，小孩子擅自拿母親的化妝用品來用，結果催生出一隻妖怪——美園雖然沒有那麼慘，不過就浪費卓越的素材來說，已非常綽綽有餘。

「剛才那樣絕對不行喔。」

『我不會再那樣了。』

「你們什麼時候約會？是連假對吧？」

『五月五日。』

「妳放棄化妝，照平常的樣子去吧。」

『我不要。』

經過一陣興奮與失落，妹妹的精神年齡也跟著退化，花波見狀，在內心嘆氣的同時繼續說服她：

「妳現在開始學也來不及啦。」

『可是！我希望牧村學長喜歡。』

「那我問妳，妳知道人家喜歡的類型嗎？」

『……不知道。』

「既然這樣，與其往錯誤的方向努力，不如照妳平常的樣子最好。」

這是胡謅。先不提美園剛才那種一看就知道行不通的妝容，世上的男人看到女方約會時改變氣質都會開心——這是花波的主張。而且既然是第一次約會，那更是如此。即使平常的模樣是好球帶，看到女友為了自己努力梳妝打扮，男人都會開心。

但這次實在沒有足夠的時間。花波自己也有事要忙，無法一直教美園化妝到當天。牧村或許會有些失望，這樣遠比讓妹妹醜態百出要好得多。

「另外，高跟鞋也不能穿太高喔。反正妳一定還沒穿習慣吧？」

『……』

螢幕另一頭的妹妹很明顯一臉不滿。

「要是妳穿著穿不慣的鞋子，走到腳痛怎麼辦？」

『我可以忍嘛。』

「妳都在忍痛了，牧村同學不會發現嗎？他是呆頭鵝嗎？」

『才不是！牧村學長一定會發現……不過他的確有點呆啦。』

結果還是呆嗎？重點好像偏了，不過花波總算釣出她想聽的話。

「那鞋子就跟平常一樣吧。」

『……知道了。』

「化妝在下次約會之前練習就好。妳可能沒辦法在家好好休息，不過約會之後的六日回家一趟。」

『牧村學長願意再跟我約會嗎？』

「那來訂定策略，讓他有那個意思吧。」

就花波聽美園形容的牧村，只要美園主動開口邀約，肯定會有下一場約會。她對此有近乎確信的想法，但為了緩解美園的緊張，她刻意不這麼說。絕對不是因為覺得很有趣，絕對不是。

「目前你們只約好要吃飯嘛。要約中午還是晚上？」

『什麼時候比較好啊？』

根據美園所說，他們昨天才約好要一起討論，細節都還沒決定。

「妳想要時間長一點的約會吧？」

『嗯！』

「那選中午比較好。」

『就這麼辦。』

美園當然不必說，不過花波認為牧村恐怕也不習慣跟女生約會。對他們兩人來說，晚餐之後的延長賽太苛刻。話雖如此，就算是約晚餐前，對兩個不習慣約會的人來說，也只會過度在意即將到來的時間，無法玩得盡興吧。

「妳有想過吃完午餐後，要做什麼嗎？」

『這個……看電影之類的？』

「駁回。」

『為什麼？』

「妳知道牧村同學想看的電影或喜歡的電影種類嗎？再說要是人家不喜歡看電影，妳要怎麼辦？而且如果去看電影，那段時間妳都沒辦法跟他說話耶。」

『嗚嗚……』

假如第一次約會從午餐開始，約再久也會在傍晚前結束吧。這跟看電影約會之後，互相討論感想的情況不同，他們可沒有悠閒到把寶貴的時間用在看電影上。

「如果是妳，我建議散步約會吧。」

『散步？光散步就行了嗎？』

「首先，妳要拉長跟牧村同學聊天的時間——」

『就選散步。』

美園秒答。花波不禁苦笑，看來也不用一一說明散步的優點了。

『午餐要吃的餐廳該怎麼選啊？』

「妳請牧村同學選就行了吧？」

『是我約他吃飯的，這樣好嗎？』

說實話，花波覺得要是讓美園挑選，以她的幹勁感覺會往錯誤的方向發展，結果嚇跑牧村。但她把這個理由藏在心裡，說出一個煞有其事的理由。

「牧村也是男人，要是凡事都讓妳決定，他會很尷尬吧？」

『經姊姊這麼一說，好像也是。那我就拜託他選餐廳。』

後來姊妹倆商量了很多，美園也覺得很值得，滿足程度大大提昇。

『姊姊，謝謝妳。我會加油的。』

「小心不要努力錯方向喔。還有，我剛才也說了，連假結束的那個六日，記得回來一趟喔。」

『嗯。那先講到這裡，對不起，拖得這麼久。謝謝姊姊，晚安。』

「別介意那麼多啦，晚安。」

雖然說了那麼多，其實花波認為，只要美園表現得與平常一樣，約會就不會搞砸。美園不只可愛，為人老實而且溫柔，是她引以為傲的妹妹。反正也講好要回家，就在稍遠的天空下，祈禱妹妹第一次約會成功吧。

然後明天早上把美園要回家的事告訴那三個覺得遺憾的家人吧。

「他們應該會很高興吧。」

要是說溜嘴，爆出美園要去約會，爸爸說不定會哭就是了。

◇◇◇

文執的全體會議基本上都在星期二和星期五舉行。但連假後的第一個星期二不會舉行，就當作從連假模式回到學生生活模式的轉換期。上次開會是在四月最後一週的星期二，所以下次全體會議等於間隔了兩週以上的時間。

話雖如此，反正大家都念同一所大學，即使在一個學年超過兩千人的學生中，就算不刻意約，也理所當然會意外碰上行動範圍相近的文執成員。

我念的這所大學有教育、人文、理學、工學與農學五個學院。每個學院有自己專屬的〇〇學院大樓群——以理學院來說，就是理學院A棟～E棟——再加上通識科目和語言類課程所使用的共同棟，總共有六個建築群。

我隸屬的理學院離校門很近，周圍是共同棟和工學院大樓。換言之，在我的正常大學生活中，會遇見的人主要是同為理學院的學生、工學院學生，還有去共同棟上語言或通識課的一年級學生。

因此我在連假結束的那個星期一，已經遇見數名文執一、二年級的成員。我遇見的一年級幾乎都是沒說過話的人，所以比起「遇見」，說是「看到」更貼切。

「哎呀，這不是牧牧嗎？好久不見。我可以坐這裡嗎？」

然後到了星期四。每個星期四是社團活動日，所以學校課程只到中午。當我在第一學生餐廳吃午餐時，遇見一個不常見的人和一個常見的人一起走來。

「阿航。」

我叫出前來找自己攀談的人的名字，結果站在他身邊的另一個人瞬間噴笑。然後我的頭就被對方不發一語地賞了一拳。

「你也變得很敢說了嘛。」

這名笑著坐在我對面位子上的人，是文執的老學長——成島航一。

「反射性就叫出來了。話說回來，阿成學長，你大嘴巴把我的個資全告訴旁邊的那傢伙了吧？」

「學長用這種方式叫我，會不會太過分啦？」

坐在阿成學長隔壁座位上的人，是他的女朋友——宮島志保，她正以現在進行式對我發出抗議。

「不過阿成學長竟然會來這裡，還真是稀奇。就算是有社團活動的日子，你都是在第二學生餐廳（二學餐）吃吧？」

阿成學長是教育學院的學生，因此平常都在距離教育學院棟較近的第二學生餐廳吃午餐。

「我今天要去合作社，順路來這裡。你才是，星期四難得會在一學餐吃飯耶？」

合作社和第一學生餐廳設在一起，但平日除了來買午餐的學生，有很多人不喜歡來這裡人擠人。而且星期四也有很多學生下午就會回家，餐廳相較之下空位較多。

「會不會太過分啦？」

志保還在抗議，但我無視她，回答阿成學長的問題。

「是啊。我今天真的是突發奇想來的。」

「會不會太過分啦？」

「啊——好啦。抱歉抱歉，對不起對不起。」

「學長一點誠意也沒有，算了，我原諒你。」

因為志保實在太吵，我無奈之下道了歉，結果她不可一世地挺起胸膛。

「你對待別人女友的態度會不會太隨便啦？人家明明這麼可愛。」

阿成學長說著，露出溫柔的笑容摸摸志保的頭。志保也開心地瞇起眼睛。與其他下午還有課的日子相比，現在餐廳內的學生沒那麼多，但應該也有一百人。可是這一對笨蛋情侶眼裡彷彿只有彼此，於是我射出冷若冰霜的視線。與此同時，心裡也很驚訝，因為他們兩人臉上的表情是那麼幸福。

「畢竟牧牧學長眼裡根本容不下我嘛。」

志保被摸頭了好一陣子，大概是心滿意足了，便帶著不懷好意的笑容，把話題轉移到我身上。

「這是什麼意思？難道你覺得志保沒有魅力嗎？」

「請把我對阿成學長的印象還來，我說真的。」

阿成學長不是口若懸河的領頭羊，不過是個會默默幫忙大家的可靠學長。絕對不是這種笨蛋情侶的其中一員。再說要是我眼裡有志保，他剛才絕對已經破口大罵了。

「因為她是阿成學長的女朋友啊。我才不會用那種眼光看她。」

「就算我不是人家的女朋友，學長也早就看上美園了嘛。」

我吞下原本想說的話語，想以無傷大雅的回答敷衍了事，結果志保依舊頂著那張邪笑，這麼說道。

「美園？」

「是我的朋友。跟我同系，也是文執的人喲。」

「噢，妳之前提過的女生啊？所以牧牧看上人家了。」

「對。因為她超可愛。在學餐之類的地方真的常常被搭訕呢。」

「哦。」

我想也是。但我開始擔心美園能不能順利應對搭訕的人。

「學長，你一臉厭惡耶～」

「真的耶。」

眼前兩個人頂著不懷好意的笑容和冷冷的視線面對這樣的我。

「才沒有。我只是擔心美園會不會很傷腦筋。」

「是喔～」

聽到我這麼說，阿成學長睜著比平常還大的眼睛看我。

「幹嘛？」

「沒有啦，我只是沒想到會從你嘴裡聽到這種話。看樣子，說你看上人家其實也不假嘛。」

「我本來就沒說謊！」

志保的發言受到質疑，氣得發出微詞，但當阿成學長口頭道歉並摸摸她的頭後，氣焰馬上就消失無蹤。可惡的笨蛋情侶。

「看上人家啊……」

我重複志保與阿成學長說的話。從剛認識美園到今天，大約二十天，這段期間我送她回家三次。假日兩人單獨外出吃飯一次。至於互傳的訊息，雖然也包括商量出遊的場所，但就算加上腳趾，雙方傳訊息的次數也已經不夠數。

說到美園以外的學妹，我也只送過志保去公車站和阿成學長（跟我）住的公寓，其他則是零。此外如果只限定展演企畫部，我大概沒跟幾個學弟妹說過話。自己本來就不擅長拓展交友圈，與學弟妹的交流也就這樣。

在這樣的狀況下，若客觀比較我對待美園的態度，那她毫無疑問是我中意的對象。即使以主觀來說，我也……對她有好感。

「學長一句話都不說的意思，是有所自覺嗎？」

「好了，志保，妳就放過他吧。」

見志保的態度還是沒收斂，阿成學長開口稍作勸誡。我這才重新了解到，雖然墮落成笨蛋情侶，這個人依舊是自己認識的阿成學長。

「像他這種人啊，不要捉弄，在一旁默默守候才最好玩。」

「你說得對呢。」

我要撤回前言。

「但我一點都不覺得好玩耶。」

我聳了聳肩，這麼回話，不過對笨蛋情侶來說，根本是耳邊風。

「那我該去合唱團（社團）了。下次再來我家吧。我們久違喝一杯。」

「好。學長辛苦了。」

「牧牧學長，下次見啦。」

「好，下次見。」

吃完午餐，他們兩人便前往文化社團棟。我前幾天已經聽美園說過，志保和阿成學長一樣都是合唱團的成員。我還聽說他們是在同一所高中的合唱團認識，後來志保告白才開始交往。

「戀人啊……」

我看著逐漸遠去的他們，自然而然低聲呢喃。像哥哥一樣可靠的學長，還有活潑好動的學妹，他們在心愛的人面前竟然會露出那種表情，這實在讓我意外得不得了。

當我有了——假設真的——交到女朋友，也會像他們那樣嗎？

當我設想如果自己有女朋友，腦海裡浮現一名學妹的臉龐。

光是和美園打招呼，我的內心某處就暖呼呼的。我對她高雅的舉止很有好感。也被她可愛的臉蛋和豐富的感情所吸引。

「就是那麼回事吧……大概……」

我在人潮已經少了很多的學餐裡，如字面所述抱頭苦思，思索著下次該用什麼表情面對美園。

第三章

上次舉行文執的全體會議已隔了二十天之久，現在距離會議開始還有大約五分鐘。去年連假結束後也是如此，一年級的出席率果然降低了。在習慣新生活的過程中，難免會把重心分散在社團活動、打工、男女朋友和交友關係上，雖然是無可奈何的事，我還是感到不捨。

「人果然會變少呢。」

「這也沒辦法啊。」

坐在我旁邊的阿實和渡久也想著同一件事，他們的聲音顯得有些消沉。阿實與渡久之前也常和一年級生混在一起，或許他們比誰都要捨不得吧。當我以眼角餘光看他們時，放在口袋裡的手機震動了。

『若是學長方便，今天回家時也能一起走嗎？』

就我的感覺，自己是在震動停止前，就把手機拿出來看了。只見美園隨著這樣的訊息，還傳了一個不斷揮動手臂的企鵝貼圖。

自從我們一起出去之後，美園開始以大概兩天一次的頻率傳訊息給我。她的文字還是一樣彬彬有禮，不過有很高的機率會一起傳企鵝貼圖給我。那看起來就像和睦的證明，不管看幾次，都會讓人忍不住傻笑。

『了解。如果之後只有二年級要留下來，妳就先走吧。』

『我會等你。』

我的訊息傳出去大約過了二十秒，一則訊息同樣隨著企鵝貼圖傳來，不過這次這隻企鵝揮舞的手是另一隻。

「阿牧，你很開心喔？」

「女人嗎？」

「你們覺得是嗎？」

其實阿實和渡久沒說錯，但現在連我自己的心情都不由自主，所以我仿照過去的自己會用的說詞，開口反問他們。

「不是。」

「完全不是。」

「朋友這麼相信我，真是高興呢。」

當我和渡久、阿實互相耍著嘴皮子，委員長一之宮仁首先說了一句前置詞：「雖然時間還有點早……」並宣布會議開始。

今天的全體會議要說明明天即將進行的全體作業，並發下將今後委員會活動的行程書面化的資料。文化祭是在十一月，但文執從五月下旬開始展開正式活動，因此仁的說明也著重在這裡。

部門會議緊接著全體會議之後展開，我們簡易說明了展演企畫部未來的活動行程。發下將投影片印成紙本的書面資料後，綾辻隆部長便開始逐一說明，不過——

「為什麼是企鵝？」

「不是挺可愛嗎？」

「比火柴人好多了。」

這些聲音主要從二年級生的口中傳出。發下來的資料只是用去年的資料做微調，幾乎沒變，不過表示參展團體和委員會的火柴人變成企鵝了。

除了隆以外的人都不知道，其實做這份資料的人是我。隆在四月底時來找我，說在可以拜託的人當中屬我最閒。自己便因為這句極度提不起勁的話語接下委託，並稍微修改去年的資料。因為大家都說火柴人乏味無趣，一開始還改成熊貓，但連假結束時，突發奇想改成企鵝。

相較於只要用圓形和橢圓形組成的熊貓，企鵝還要用三角形的圖形物件組合，比較難做，但當我開始動手做，就愈做愈開心，明知要印成紙本使用，卻還是設定讓企鵝跨步行走的動畫。一想到只有隆看見我的成品，就有點……不對，是相當空虛。

「——因此參展團體是九月開始報名，呃……各組會在五月中接到工作分配，六月開始會跟公關一起製作募集參展團體的文宣。以上是概要說明。有人有問題嗎？」

結束說明的隆環視所有人這麼詢問，但沒有人提問。對二年級生來說，內容幾乎跟去年一樣，不會有疑問。至於一年級生則是還沒進入狀況，而且心想著或許看資料就會明白，所以沒有舉手。

「那麼——」

「我有問題。」

「請說，若葉。」

舉手的人是二年級生，隸屬第一舞台組，是個不像關西人的關西人——岩佐若葉。

「我想大家都很好奇，那隻企鵝是啥啊？」

她以既非標準語也非此地的口音提問，坐在若葉附近的二年級女生聽到這個問題，也「嗯嗯」地直點頭。

「牧牧，你說呢？」

我以為隆會聰明地敷衍過去，沒想到他輕輕鬆鬆就讓我期待落空，還直接把問題丟給我。

「這是牧牧做的？」

「嗯。我四月底拜託他的。」

「是喔。」

眾人的視線全集中到我身上。對一年級生來說，應該有人連我是誰都不知道吧，但在這些視線交會處感到尷尬的人，大概是我。

「就突發奇想吧。」

我會選擇企鵝的理由很明確，但無論如何都說不出口。

「牧村學長，讓你久等了。」

「不會，我根本沒等多久。應該說，感覺好像是我在催妳，抱歉。」

我解釋完之後，隆又宣布下週六要舉辦展演企畫部的新生歡迎會，然後部門會議就解散了。我們二年級不必額外集合，接下來便能回家。

美園當時與坐在附近的朋友們聊天，不過也馬上脫身。聽到她向我道歉，我心想其實不管多久我都會等，不過這樣的做法也很有她的風格。雖然對不起她，我的心頭還是湧現喜悅。

「這怎麼行。畢竟是我開口拜託學長的。」

「反正我之後也沒有約，現在時間已經不早了，她們也不會講太久，下次妳不用趕沒關係。」

「謝謝學長。你說『下次』對吧？」

美園瞬間稍稍瞇起圓圓的大眼，柔和地改變表情。明明是一抹溫柔、溫暖的微笑，卻很傷心臟。其中很大的原因在於幾天前才剛有自覺的感情，但我必須保持冷靜。

「那我們走吧。」

「好。」

於是我們再度走在無人的大學內。

「對了，企鵝很可愛喔。」

「我姑且跟妳說聲謝謝吧。」

說實話，我會把熊貓改成企鵝，完全是受美園影響，所以我本來就打算不跟任何人提起。因此完全沒料到會像現在這樣聽到本人的感想，實在不知道該怎麼回答。

「妳喜歡企鵝嗎？」

「對！我最喜歡企鵝。」

我也想轉移話題，所以詢問之前就有些好奇的事，結果她的回答如我所料。看到那張滿面的笑容，我察覺自己開始思索縣內哪些地方可以看到企鵝，便馬上甩甩頭。這也太得意忘形了吧。我明明時時注意要保持平靜，卻很難做到。

「怎麼了嗎？」

「沒有，沒事。對了，志保呢？」

當我敷衍自己甩頭的理由，這才發現志保不在。當我看到校門口的公車站，才想起這件事。

「學長不喜歡小志不在嗎？」

我知道她這張表情是刻意為之，但不滿的表情配上仰望的視線實在太有破壞力，讓我忍不住語塞。

「我開玩笑的。」

美園放鬆臉部肌肉，呵呵笑道。雖然這樣對不起志保，不過我實在沒有任何不滿。

「她今天會住成島學長那裡，所以約在合作社前碰面。」

「要住下來啊……」

我沒有那方面的經驗，所以在印象中，情侶留宿就等於那檔事。其實就算是留宿，也不一定會做那種事，但或許因為這句話從美園口中說出，我才會往下流的方向想。

「話說，妳做好明天的準備了嗎？」

就對話的脈絡來說，這樣的轉換非常牽強，但我想在自己的邪念膨脹之前先轉移話題。總覺得今天一直在模糊焦點和轉移話題。

「做好了。我昨天跟朋友一起去買二手衣。」

明天是第一次作業，其實這次還不要緊，但之後實際作業會經常使用顏料，所以穿弄髒也無妨的衣服比較理想。再進一步說明，就我所知，美園幾乎都穿裙長過膝的連身洋裝。這副打扮明顯不適合進行活動身體的作業，因此本來還有點擔心，現在聽她這麼說，就放心了。我不知道她們總共幾個人去買衣服，不過總不會所有人都買裙子吧。

「除了服裝，還有需要注意的事嗎？」

「這個嘛……男生會搬重物，有工作用的棉紗手套會比較好，至於女生我就不太清楚了。」

話雖如此，難得美園依靠我，要是什麼都說不出來那就太遜了。我絞盡腦汁，試著喚醒記憶，這才想到一件女生要注意的事。

「還有，這跟明天沒什麼關係，不過頭髮綁起來比較好。或是準備綁頭髮的髮圈之類的。」

在我記憶中的女生們，尤其是長頭髮的女生都綁著頭髮。這是為了不讓顏料或黏著劑沾到頭髮吧。給出一個建議的我鬆了一口氣，但相較之下，美園的反應很僵硬。

「謝謝學長的建議。這樣啊……」

「抱歉。妳已經知道了嗎？」

「不是，不是這樣的。」

「怎麼了嗎？」

「其實我不太會綁頭髮。」

美園有些尷尬地說著，但綁頭髮只是為了避免干擾，並防止顏料等物沾到頭髮，隨便綁就行了吧。當我這麼開口詢問——

「女孩子得考慮很多事。」

她這麼回答我。一搬出這個理由，我身為男人也只能閉嘴。

後來我再度改變話題，聽著美園說她的姊妹，然後送她到家，今天就這麼分開。

「牧村學長，晚安。明天見。」

「好，晚安。明天見。」

我們互道晚安的瞬間，總讓我感到非常舒心。自己的視線就是無法從她美麗彎腰的模樣移開。

這下子錯不了——我重新有這樣的自覺。

◇◇◇

現在是今年已來到第五十九屆的文化祭執行委員會，值得紀念的第一次全體作業的早上。作業開始時間是九點，所以我八點三十分就打開自家大門。接著下一秒便關上。大約十秒後，隨著一陣「叩叩叩」的敲門聲，我的門鈴也遭人狂按。

「會吵到鄰居，別鬧了。」

我慢慢打開大門，只見剛才跟我同時從隔壁的隔壁房間走出來的女孩子——宮島志保正不滿地站在門口。她一頭短髮所以沒有綁，不過身上的衣服比平常還要寬鬆。

「學長為什麼要縮回家裡？」

「反射動作？」

我這麼應付她，不過一大早就撞見在男友家過夜的女性朋友，任誰都會多少感到尷尬吧。話雖如此，一看到對方就逃走，這對志保來說肯定不好受。

「抱歉啦。下意識就躲回家了。」

「學長一大早見到可愛的學妹，覺得很難為情是吧？」

「不，並沒有。」

我不否認她長得很標緻啦。

「牧牧學長，你知道有個詞叫作『客套話』嗎？」

我一邊敷衍心生不滿的志保，一邊走下樓梯，結果樓梯下又見到一個熟悉的人。一大早就碰上的這名可愛學妹一看到我，便喜形於色有禮貌地低頭問好。

「啊！牧村學長，小志。你們早。」

「美園，早啊。」

既然妳跟美園約好了，就早說啊。

「美園，早啊。我一走出家門，就看到志保。」

「牧牧學長這話好像在替偷腥找藉口一樣。」

「真的耶。」

志保若無其事這麼說道，美園則是露出苦笑。兩名女孩子意見相同。實際說出口的我也有同感，雖然自己沒偷過腥。而且追根究柢，連正宮都沒有過。

「絕對不是。好了，走吧。」

「好的。」

「在走之前……」

「嗯？」

美園點點頭，就要走到我的身旁，卻被志保抓住雙肩往回拉。美園歪著頭，喊了一聲：「小志？」但最後還是沒有抵抗，移動到志保的斜前方。

「牧牧學長，兩個打扮跟平常不一樣的女孩子站在面前，你沒有任何表示嗎？」

說出這句話的志保穿著七分袖和牛仔褲，其實與平常的打扮相去不遠，但跟我剛才想的一樣，比平常稍微寬鬆休閒。相較之下，美園平常都穿著連身洋裝款式的衣服，不過今天是長版襯衫配牛仔褲，鞋子是布鞋。儘管頭髮沒有綁起來，給人的印象卻大大改變。志保坦坦蕩蕩地看著我，美園則是閃爍著眼神看我，她們都無言地要求我快點說出感想。

照理來說，面對打扮跟平常不同的女性，稱讚服裝會給人留下好印象，我就心情上也想這麼做，尤其是對美園。只不過自己從未做過這種事，所以很艱難。而且她們都是穿著作業用的衣服，一想到平常的打扮是她們身為女孩子的用心，隨口稱讚感覺也有待商榷。

「……看起來很好活動呢。」

「這個人沒救了。對吧，美園？」

「呃……但這是作業用的衣服，便於活動很重要啊。」

「……謝謝妳。」

美園替不機靈的我找台階下，她的眉尾卻失落地往下垂。

文執的委員會辦公室位於離正門較近的共同G棟二樓。這裡在共同棟群當中，算是比較偏僻的位置，幾乎只有夜間部的課程安排在此，因此平時鮮少有學生出入，假如是星期六、日根本不會有人來。所以就算作業要用的範圍很大，也不太會妨礙到人，對文執來說是個非常理想的地方。

我帶著美園和志保慢慢走在路上，時間來到八點四十分。用來集合同時也是作業場所的G棟前廣場，已經聚集快二十幾個人了。

「嗨，阿牧。你們結伴過來啊？」

不起眼的二年級生帶著兩個可愛的學妹登場。阿實代表所有看見的人提出疑問。我想他是察言觀色後，給我一個解釋的機會。

「笨蛋。只是剛好在半路遇到啦。」

我沒有說謊。只是把「半路」的定義稍微拉寬了點，我們既沒有約好，碰巧遇見也是事實。我在開口的同時離開美園和志保，往阿實和渡久他們那邊走去，接著一年級生不問男女，都往她們兩人身邊聚集，開始談話。

「妳今天的打扮也很好看。」

我聽到後頭有男生說了這句，不禁佩服原來還有這種說法。如果還有機會就這麼說吧。然而，我雖然好奇美園聽到這樣的稱讚會有什麼反應，卻無法回頭確認。

隨著集合時間逼近，人也愈來愈多。擔任副委員長的康太說明今天的作業內容，並大致分攤工作後，我們便開始作業。今天要做的是維修去年使用的板子。文執用的看板大略分成兩種──紙製和木製。紙製看板用完就會報廢，木製則是每年重複利用，所以必須修補。

「呃……好大！」

為了維修木製看板，首先要從保管場所搬出來，當一年級生看到倉庫內的板子，發出驚愕的聲音。看板有好幾種規格，不過最大的一塊尺寸約長二點五公尺，寬兩公尺。第一次看到都會嚇到吧。

「這個搬得動嗎？」

「大概三個人就能搬，沒有看起來那麼重啦。」

「真的假的？啊……真的耶。」

論形狀實在沒辦法一個人搬，但論重量，一個人便綽綽有餘。跟我一起搬的學弟因此發出預想落空的聲音。

「這個搬完之後，可以去跟女生一起作業吧？」

「噢，可以啊。」

木製看板以木板為基底，在上頭貼模造紙使用。然而現在板子上還留著去年貼的東西，為了今年再拿來使用，要把木板上的東西拆下來，這項作業會以女孩子為主的組別進行。由於數量繁多，是一項意外耗費時間的作業，但氣氛也因此比較和樂，不管怎麼看都比只有男生的搬運組還開心。

「那我們快點搬一搬吧。」

「安全第一啊。」

「好喔。」

這是一年級生的首次作業，當然會由二年級生教導作業內容。這位小泉雄一是跟我同為展演企畫部的學弟，大概是因為我們迎新聊天時，他知道我跟他同學院、同科系，所以才選我來帶他進行作業，這對我來說也是幫了個大忙。

「男生果然都負責要出力的工作耶。」

「是啊。這東西很輕，其實女孩子也搬得動，不過既然有男丁，她們也就選別的事做了。」

小泉雄一是個健談的人，我們來回搬了好幾趟，對話卻沒中斷過，這方面也是幫了我大忙。

「是為了表現給人看吧。」

「一半一半啦。」

我認為另一半是自尊心和耍帥。就算撕破嘴也不想要求女孩子搬重物，更不打算這麼說。這應該是全體男生的共識。

「對了，牧牧學長。」

「嗯？」

「你今天跟那兩個人一起來，實際情形到底是怎樣？」

「沒怎樣啊，我說過了，真的是剛好在路上碰到。」

我並沒有說謊，學弟卻不懷好意的笑著「咦？」了一聲，似乎還不打算結束這個話題。然而——

「啊，我也想問這個。」

「我也是，我也是。」

一旁的五、六個一年級生也加入我們的對話。大概也是因為看板都搬得差不多，開始沒事做了。即使如此，附近的人也幾乎都聚集過來。到底有多好奇啊？

「學長今早在哪一帶遇見君岡同學？」

「你們真的是碰巧遇見嗎？」

「既然宮島同學也在一起，是在公車站附近嗎？」

「不知道君岡同學住在哪裡耶。」

「她好可愛喔。」

在我回答問題前，新的問題又接踵而至。

「關於個資，我只能說——拜託去問本人。」

「可是她防得很嚴啊。」

「宮島同學也會替她防。」

她那麼可愛，要是不防得嚴實一點肯定沒辦法生活。身為她願意親近的人，我自覺有些抱歉，即使如此，依舊不打算回答關於美園的問題。當然了，畢竟那是個資，不過除此之外的問題我之所以還是選擇裝傻，說來幼稚，因為就是不想說吧。

我隨便應付接踵而來的問題，繼續搬看板，當我們全部搬完，便進入短暫的休息時間。之後二年級男生要負責修補損壞的看板，這是一件稍大的工程，一年級男生則是加入女生的行列幫忙——但有很多人沒有休息直接過去幫忙。

我當然選擇休息，自己坐在有陰影的地方尋找在拆卸組中的美園，馬上就找到了。她正拿著抹刀，把殘留在木製看板上的模造紙撕下來，但似乎陷入苦戰。我去年撕的時候也很費力。

「話說回來，她比想像中還要受歡迎耶。」

該說果不其然嗎？美園周邊的人口密度感覺有點高。今天女生的比例比較高，但還是混雜著些許男人。儘管狀況如此，或許是因為身邊有志保與香陪伴，美園看起來並不困擾，雖然作業陷入苦戰卻開心地笑著。看到她那張笑臉，連我也覺得很開心。然而我的胸口傳來微微的痛楚。

◇◇◇

隔週星期二舉行全體會議時，首先從慰勞眾人在第一次全體作業的辛勞開始，接著說明這個星期日計劃好的第二次作業。擔任委員長的仁很認真講解，但聽的人相較之下有些溫差。畢竟無論對一年級還是二年級來說，今天的重點都是會後展開的部門會議，注意力因此渙散也無可厚非。

會後的部門會議中，各個部門舉行了分組的問卷調查。可以寫三個志願，部長和七名組長會以問卷結果為基礎，決定最後的分組。

「我確實寫上『想去第二舞台』了。」

志保說要跟其他一年級說說話再走，所以只有我和美園兩人走在回家的路上。當我們走出校門，她拋出這句話。

「原來妳之前說的是真的啊。」

「當然是真的！我很早就決定好要參加第二舞台組了。」

我清楚記得她以前說過的話。實際上也很期待，當一年級生在寫問卷的時候，我的心裡也是想著「不知道美園會不會來」，在意得不得了。順帶一提，我一直到剛才都煩惱著該怎麼開口問這件事。然而一旦她當面對我說出這番話，從我嘴裡蹦出來的卻是裝傻。美園不知是否已洞悉我的內心，收起鬧彆扭的表情嫣然一笑。

「這樣啊。所以我該謝謝妳嗎？」

「可是會按照我的意願分發嗎？」

我壓抑內心的喜悅，佯裝冷靜道謝，接著美園有些不安地這麼詢問。

「第二舞台應該不要緊吧——我是很想這麼說啦。畢竟今年的組長是香啊。說不定有很多人都像妳一樣衝著她來喔。」

「不，我……如果是這樣，那還真傷腦筋呢。」

一年級生加入已有一個月左右的時間，在我看得到的範圍內，香在學妹之間很受歡迎。根本無法預測實際上會有幾個人想來第二舞台。

「總之先向神明祈禱吧。」

「學長肯幫我祈禱嗎?太好了。」

「……是不是應該等祈禱成功了再開心啊?」

我脫口而出的話語,她竟也可以如此開心。面對這樣的她,我依舊狗嘴裡吐不出象牙。因為要是不這麼做,自己傻笑的模樣將會被她看見。

「牧村學長為了我祈禱,這件事本身就有意義。」

美園面對我,一字一句地強調並笑道。經她這麼一說,我才發現——自己是在為誰祈禱呢?我確實覺得要是美園能進入她想要的組別就好了,這點絕對不假。只不過現在得知她將會與自己同組,我祈禱的理由就不只如此。應該說,剛才提到的理由只占了一小部分。

「學長怎麼了嗎?」

我下意識停下腳步,美園便從下方窺視我,憂心地這麼問道。回過神來,已經來到我住的公寓旁邊。

「啊。今天就到這裡——」

「我送妳到家。」

我佇足的地方實在不太好,可能讓她誤會我想回家。讓她一瞬間露出難受的表情,實在是很沒出息。

「抱歉。我只是稍微發呆，會停在這裡真的是巧合。」

我並沒有說謊，但美園依舊有些顧慮地看著我。

「在妳拒絕我，或是交到男朋友之前，都讓我送妳到家吧。」

我這次之所以用輕佻的語氣，並不是要遮掩害羞，而是為了博君一笑。只不過雖然內容毫無虛假，我卻深深不希望剛才說的話變成現實。

「我才不可能拒絕學長！而且我……我也交不到男朋友。」

我們站在路燈下，看得見美園的臉頰染上紅暈。剛才還在她心中的愧疚應該是消失了。

「如果是妳，只要有那個意思，我想明天就能交到男朋友了喔。」

別說「我想」，根本是毫無疑問交得到吧。這是我絕不希望發生、卻發自真心的話語，但跟我一起邁步向前的美園看似有所不滿。

「學長不說『今天』啊。」

「今天……已經不可能了吧？」

畢竟就這樣回家後，也不會跟別人見面。現在時間是快要晚上八點，如果美園要約人出來見面，應該叫得動十幾二十個人，所以倘若她真的想交男朋友，絕非不可能。但她不會做這種事。

「這樣啊……」

「妳也不用沮喪，假如是妳──」

「不，沒關係。我並不是想要男朋友，而是想跟喜歡的人交往。」

美園抬起原本低著的頭，堅定地這麼斷言。

「所以牧村學長，我或許要花一點時間，才交得到男朋友喔。」

美園帶著調皮的笑容這麼說，讓人看了心跳加速。她說「花時間」是什麼意思？現在還沒有喜歡的人，所以要花時間找。或是其實有喜歡的人，但要花時間讓對方有那個意思。是哪一個呢？從我住的地方到美園住的地方，徒步大約三分鐘，自己終究沒能問出這個問題。

「那個……牧村學長。」

「嗯？」

距離設有自動鎖的大廳入口，只剩一點點路程。只要走到那裡，就剩跟平常一樣互道晚安，然後分開。我是覺得依依不捨，卻也僅只於此，倒是美園似乎還想說些什麼。我很想洞悉她的心，無奈沒有那種技能，因此一句話都沒問。這時候，走在我左側的美園停下腳步。

就在我也要跟著她止步時，一股小小的重量壓在我的左手手肘上。為了不讓手肘上的重量消失，我只轉動脖子看向左後方，只見美園低著頭抓著我的衣服。她接著往前跨出一步來到我身旁，然後抬頭。有些紅潤的臉龐、水潤的雙眸、被揪著不放的衣服。光遇上其中一樣，就有十足的破壞力，一旦三樣同時襲來，便澈底超出我的負荷能力。

「牧村學長。」

然而接下來的這句話，比這三樣（三種神器）同時襲來有著更高的攻擊力。

「可以請你進來坐坐嗎？」

進去哪裡——這連我快要停止運轉的頭腦也能理解。

「學長要喝咖啡還是紅茶？」

我不記得之後自己是怎麼回答美園了。但既然我現在在這裡，唯有一件事可以肯定——我答應她了。

「那就紅茶。」

「好。我這就來燒開水，請學長稍等一下喔。」

「謝謝妳這麼費心。」

「哪裡。」

美園住的地方是大學周邊的學生套房，聽說是房租最貴的一棟高級公寓。因為是女性專用，這是我第一次見到裡面的模樣，是個跟建築外觀一樣又新又大的家。格局是一房一廳附廚房，用餐區和廚房的空間很大，設備也很好。

客廳部分的裝潢是純白的壁紙配上水藍色的窗簾。床鋪、靠枕和沙發的顏色都跟窗簾一樣，地毯也是水藍色，並有著以白色為主的花樣。書架、置物架、書桌和茶几統一都是白色，可以想像她就是喜歡這兩種顏色。若要再進一步說說其他物品，可以看到置物架、地毯，甚至床上都放著幾個尺寸不同的企鵝玩偶，讓人會心一笑。

「請學長別看得太仔細，我覺得很難為情。」

「啊，抱歉。但我覺得這個房間很有美園的格調。」

其實今天也是，美園大多穿著暖色系的衣服。畢竟是個女孩子，所以我原本擅自想像會是個以粉色系為主的布置。實際進來看過之後，這個兼具高雅和可愛的空間，也只能說很有她的格調。

「謝謝。能聽到牧村學長這麼說，雖然很難為情，我非常開心。」

我因緊張而顫抖的手總算恢復，相較之下，美園從頭到尾都頂著一張笑臉——應該吧。一開始她邀我進來時的記憶還是很曖昧。

「我今天請學長來，是想讓你看看這個。」

美園從餐桌走來，手裡拿著幾張紙。上頭印的是看起來很美味的料理和文字，一看就知道是從餐廳的網站直接列印下來的。

「學長還記得嗎？」

美園說完，羞怯地伸出右手小指。我當然不可能忘記。

「下次吃飯的餐廳，就從這些當中挑選如何？」

見我點頭，美園露出心滿意足的微笑，然後說出我們約好的下次外出計畫。

「我看看……」

她攤開放在白色茶几上的紙各夾著兩個可愛的夾子，總共有三間餐廳。兩間法式餐廳，一間義式餐廳，大概是因為我之前選了日式料理，她這次打算換成西餐吧。

「那個……請恕我坐在你旁邊喔。」

當我煩惱該說些什麼時，美園說了這麼一句話並坐在我的右側。不知道是地點還是距離的關係，又或者因為自己的心意，看她壓著自己的裙襬，我的心跳瞬間加快。飄蕩在空氣中的淡淡甜香，也催化著心跳的速度。

「學長覺得這間如何？」

美園露出開心的微笑，把部分資料拿到我的手邊。我們的距離還不至於近到會碰到肩膀，但她從旁窺視我的模樣，又讓人為之悸動。

「上次我們是吃午餐，下次我在想要不要約晚餐。」

我的視線無法從她身上挪開。她的側臉也非常端正，但我想一直看著她的理由不只如此。美園翻過一頁後發出的雀躍語調，讓人也跟著感到開心。

「牧村學長？」

「……啊，抱歉。如果要約晚餐，就不用介意要約星期幾，不錯啊。」

我隱瞞自己看得入迷的事實，看看紙張內容。我只在親戚的婚禮上吃過法式料理，理所當然看不懂印在上頭的料理正式名稱。順帶一提，我連這家店的名字都不會唸。即使如此，還是如同先前所述，看起來非常美味。美園笑著說了聲：「是啊，沒錯。」同意我剛才的說詞，害我必須把差點被吸過去的視線拚死固定在紙上。然而——

「餐點好像也很好吃。」

「聽到學長這麼說，真是太好了。」

美園生性認真，這些候選店家一定都選得很認真。因此我才難以啟齒。但我必須說出口。

「可是每間餐廳都不行。」

「咦……」

「不對！我說錯話了。它們不是不好，都是很好的餐廳。剛才也說過，我很期待再跟美園妳出去吃飯，正因為這樣——」

見美園訝異地睜大眼睛，我急忙滔滔不絕地解釋，就怕她誤會。她卻遮著嘴角，發出嘻嘻笑聲。

「啊，對不起。知道牧村學長也很期待，我實在很開心。」

「那就好……」

要是我能更機伶一點就好了，但就結果來說，美園並沒有誤會，也沒有因此留下不愉快的回憶。

「原來學長這麼期待啊。」

「嗯……」

美園開心地瞇起眼睛，稍微放鬆臉頰的肌肉，然後看向桌上的紙張，最後又將視線移回我身上。看到那張端正容顏上的可愛羞澀笑容，就能知道她也很期待。讓我產生錯覺——這隻約定時互勾的小指，彷彿發出一點熱度。

「牧村學長。」

美園以溫柔的聲音呼喚我，並面帶微笑看著我，當自己苦惱該怎麼回應時，廚房傳出一道電子聲響。看來被電熱水壺救了一命。

「真好喝。」

她泡給我的紅茶很好喝。隨著一句「家裡只有這個」而端出來配茶的日式甜饅頭，也跟紅茶很搭。

「有合學長的口味，真是太好了。」

美園重新坐在我的對面，她說出這句話後，在茶杯中加了半包糖，然後拿起茶杯就口。順帶一提，我喝的是無糖紅茶。喝了一口後，原本還在猶豫要不要加糖，但甜饅頭是甜的，便不需要加。

「甜饅頭也很好吃。雖然可愛得讓人捨不得吃就是了。」

美園拿來的甜饅頭只有一口大小，外型設計成Q版動物，當中也有她喜歡的企鵝。要把叉子插進可愛的動物體內，實在有點於心不忍，所以我直接用手抓著吃。

「這是我老家那邊的土產。我看這個很可愛就買了。可是後來想想，如果要送給學長，這個好像太可愛，所以沒能交給你。今天能讓你吃到真是太好了。」

美園面帶苦笑說著。換句話說，她為了我這個人，買了土產要送我。自己開心得幾乎要跳起來了。

「原來妳回老家啦？」

「對。我本來沒有回去的打算，但後來有事。」

「這樣啊。那回到我們剛才的話題吧。」

美園說得有點含糊。或許是跟老家有關的事，於是我改變話題。

「沒錯。為什麼不行呢？學長很期待跟我約……一起出去對吧？」

美園回想起剛才而鬧彆扭的模樣也好可愛。她重新這麼問，我實在很難肯定，但既然剛才已經說「我很期待」了，也只能點頭。

「我是很期待啦，可是這些餐廳都太貴了。」

我之前被迫與她約好，下次吃飯要讓她付錢。因為上次餐費是我付的，不過就算是禮尚往來，我還是有點抗拒讓比自己小的女孩子請客。

話雖如此，就算我以此為由拒絕，美園想必也不會接受吧，而且我本來以為她會折衷，找一間兩個人加起來兩千圓左右的餐廳。可是她挑選的這些餐廳，每一間都比我上次挑的那間餐廳還貴兩到三倍。不管怎麼樣，我都不能讓她負擔兩人份的餐費。

「我想不到其他辦法可以還學長上次給我的幸福了。而且我想跟牧村學長一起在這種餐廳……」

「妳能這麼說，我很高興，但不行就是不行。這種餐廳光是一人份，就能抵我一個月的電費和瓦斯費喔。」

「可是……」

「如果不是妳一個人付錢，要選這家也沒差啦。」

「這不行。」

美園嘟嘴表達不滿，看起來顯得比平常還要幼小。看到她新的可愛面貌，確實讓人欣慰，但我可不能因此退讓。

「再說，要是這次同意妳選這間餐廳，下次我不就沒得選了嗎？要我下次拿出比這間厲害的……妳怎麼了？」

「沒……沒有。因為……」

我話還沒說完，美園不滿的表情便瞬間消散。我覺得不解，因此開口詢問，結果她卻支支吾吾的。不一會兒後，她又呵呵笑，顯得很開心。

「狀況跟之前完全相反耶。」

「嗯？之前？相反？」

美園聽了，再度遮著嘴呵呵笑著。

「該怎麼說呢？謝謝學長的邀請。」

「……啊。啊啊！」

她說得這麼明白，這才發現這次是我自爆。而且不只下次，我還希望再有下次，以自爆的程度來說，規模比上次的美園還大。

「請妳忘了吧，拜託妳。」

「雖然這不是別人，是牧村學長的請求，但還是有點難耶。」

這次臉快噴出火來的人是我。無法直視露出溫柔笑容的美園，於是把手伸向紅茶和甜饅頭。

「下次還有下次的下次，我都可以好好期待嗎？」

「倘若妳不嫌棄……」

「我怎麼可能嫌棄呢？」

美園溫柔地微笑著，將她纖細的手從茶几對面伸來，然後伸出小指。柔軟的臉頰染上一點紅暈，為了彌補我們的身高差，她稍微仰望我。她靜待我的反應，那張表情上顯現的情緒，應該是些許的羞澀。

「我跟妳約好就是了。」

「好的。我們約好了。」

這是我們第二次打勾勾。美園看起來已經沒有上次那麼緊張。反倒是我，顯得比上次還緊張。

◇◇◇

這個星期五沒有文執的全體會議。所以我和美園下次見面，將是展演企畫部在星期六舉行的新生歡迎會——我本來是這麼想的。正因為我這麼以為，昨天才會說「星期六見」，然後離開她住的地方啊——

「啊。」

當我前往第一餐廳的排隊隊伍最後面時，在半路上發現身在隊伍中的美園。說「發現」或許不太正確。因為她比在場的任何人都要醒目，根本用不著去發現。

「牧村學長，你好。」

「妳好啊，美園。」

美園原本在看手機，大概是聽到我不小心發出的聲音，她抬起頭露出開朗的笑容。

「學長也來吃午餐嗎？」

「嗯。妳平常會來第一學生餐廳（這裡）？」

「對。除了星期五，都在第一學生餐廳。」

「這樣啊。那我也要去排隊了。再見。」

機會難得，其實我還想再跟她多說幾句話，但又不能插隊，而且也不是要跟她一起排，要是我跟著她，她也很為難吧。

「我也要重新排隊，可以跟學長一起排嗎？」

「我當然沒意見，可是沒關係嗎？」

「對。當然沒關係。」

美園嫣然一笑，說時遲那時快，她馬上離開隊伍。我見狀說了一句「那好吧」便和她一起來到最尾端排隊。這時她輕聲發出「啊」的一聲。

「怎麼了？」

「不，沒什麼。」

她的表情看起來不像沒事。眉毛都往下垂了，一對上視線也馬上錯開。而且我們的距離比平時還遠。

「妳是不是有什麼事要辦？不用顧慮我沒關係。」

雖然讓她離開很可惜，但我更不想勉強她。只見美園還是吞吞吐吐。

「不，我沒有事情要辦……」

美園一看我，又馬上錯開視線，「嗚嗚」地發出小小的可愛低吟。

「呃……其實我的上一節課是體育……有流一點汗，所以……」

我才在想她拿著一個平常不會拿的包包，原來是替換的衣物和鞋子啊。

「原來如此。」

美園紅著臉，依舊把理由告訴我，看起來非常尷尬，不過我稍微懂她的心情。我身為男人，要是夏天激烈運動之後，也會在意這點。只不過今天天氣相較之下算涼爽，我也不認為大學的體育課能流多少汗。但她還是會在意，果然是個女孩子呢——我帶著這個想法會心一笑。

「學長為什麼要笑……」

「沒有啦，因為我完全不會介意啊。」

「真的嗎？」

「真的啦。」

排隊的隊伍一直延伸到餐廳外，所以難以察覺，不過我跟美園走出來的時候，在一瞬間聞到平常的清甜香氣。當然完全沒聞到汗味。但說出口就太噁心了，所以我沒說。

「真的是真的嗎？」

「真的是真的啦。」

美園稍稍嘟著嘴，說了聲「那就……」和我縮短了半步的距離。但就算縮短，也比平常還遠一些，總覺得有點落寞。我笑著說聲「安啦」之後，她小心翼翼提起視線，這才一邊觀察我，一邊拉近距離。

「其實妳也不用這麼在意啊。」

「當然在意！要是牧村學長覺得我滿身汗臭味，我會活不下去。」

「誇張耶。」

這樣很有她的作風，但我看到那副認真的模樣，不禁苦笑。才不誇張——美園說出這句話，再度嘟嘴。她身為女孩子，或許有什麼堅持吧。

「不過，妳一定沒想到上了大學還要上體育課吧？」

「我是聽姊姊提起才知道的，但還是嚇了一跳。」

體育在我們這所大學裡，是一年級上學期的必修課程。換句話說，無論在其他課程得到多麼優秀的成績，要是沒有拿到體育學分就無法畢業。我當初知道這件事時，嚇了好大一跳，不過看來美園也跟我一樣，這不禁讓人苦笑。

「不過幸好跟休閒活動差不多。其實我不擅長跑步。」

「是喔。」

她看起來確實不太適合跑步，但我馬上提起一瞬間放在她身上的猥瑣視線，並甩了甩頭。

「怎麼了嗎？」

「沒有，沒事。話說回來，妳的體育選什麼項目？」

知道視線沒有敗露，我鬆了口氣。畢竟常聽人說女生都會察覺這樣的視線。

「我選網球。牧村學長去年是選什麼呢？」

「我也是網球。如果要進體育館上課，必須買鞋子，而五人制足球感覺要一直跑，我就放棄了。」

「我的理由跟學長一樣。而且小志也說她要選網球，有人陪也正好。」

「怪了，既然妳們上同一堂體育課，那她人呢？」

「她說今天跟成島學長有約。」

「這樣啊。」

感謝上蒼給我這個偶然。我自然也想和美園在一起，但主要是聽說她在學餐常被人搭訕。這樣正好能在志保不在的日子充當她的擋人牆。

「牧村學長平常都來第一餐廳嗎？」

「基本上是。因為第一餐廳（一餐）離理學院棟比較近。」

「可是就算這樣，我們不常遇見耶。」

「是啊。因為來的人很多嘛。」

隨著隊伍前進，我們正好進入餐廳內，開始聞到些微食物的香氣，我同時回過頭觀望後方。我們大概排了三、四分鐘，但現在隊伍的尾端，比我們剛才排的時候還後面。因此自己要是再晚個幾分鐘來，或許連碰面都很難。

我移動視線看向身旁，只見美園在我的影響下也轉頭回望。那稍微踮腳的模樣實在很可愛。

「對了，牧村學長平常都吃些什麼呢？」

「就白飯、湯與主菜，沙拉看心情。然後偶爾會吃蓋飯。妳呢？」

我們學校的餐廳並沒有固定樣式的套餐，而是自己挑選放在眼前的菜色。根據主菜不同，價錢也不盡相同，但與一般的學生餐廳一樣，大概四百圓就能便宜吃一餐，已經很划算了。

「我也跟學長差不多。」

「女孩子基本上果然都是這樣吧。」

「我身邊的朋友也是如此。也有人會用小菜代替主菜。」

「喔，如果是女孩子，果然有些人會這樣。我看有很多女生都是點小碗的飯。」

「是啊。我也是點小碗。對了，關於配菜，牧村學長通常選肉還是魚當主菜呢？」

「其實也要看當天有什麼菜，不過比較常選肉。」

「那味噌湯喜歡什麼配料呢？」

總覺得話題已經偏離學餐的菜單，但是看美園一臉認真，我也開始認真思考。

「最常見的海帶芽跟豆腐吧？我自己煮的味噌湯也常加這些。」

「那反過來說，有什麼不愛吃的東西嗎？」

「這個嘛……我想不太到耶。一般常見的食物大多敢吃。」

「謝謝學長。我會拿來參考的。」

「什麼的參考？」

「這是祕密。」

美園伸出食指放在嘴前，露出有點調皮的笑容。

「什麼啦？」

即使我不滿地詢問，美園依舊只是呵呵笑著，隨著一句「學長請」就把拿來放餐點的托盤遞給我。事已至此，我只能說聲「謝謝」然後選了剛才提過的配菜，並一起前往座位。

接著我們就像那天一樣，一起說出：「我要開動了。」

◇◇◇

星期六。這天舉行了跟全體新生歡迎會不同的各部門新生歡迎會。展演企畫部每年都是去車站附近打保齡球，然後吃晚餐，再四散去朋友家喝酒。順帶一提，今年的晚餐預計吃燒肉。

從車站這個集合地點徒步前往保齡球館，大約五分鐘。我們已經在事前分好組別，所以同組的志保和雄一走近我和隆身邊。

「到時候喝酒會分成幾攤啊？」

「目前是分三攤吧。會去仁、若葉還有我家喝喔。」

雄一已經開始想喝酒，隆聽了也開口回答他。委員長不隸屬任何部門，不過仁去年待過展演企畫部，所以他也參加我們這場歡迎會。

「那我要去隆學長家。」

「如果沒客滿就來吧。」

「牧牧學長沒有提供場地嗎？」

「因為按照現在的人數，三攤就夠了啊。」

「意思是假如不夠，你就會提供？」

「再說。」

志保接在雄一之後提問，她思索了一下，不懷好意地笑著往下說道：

「那要是我用保齡球打贏學長，學長就要再開一攤，如何？你看嘛，大家可能會續攤兩、三次，也會有人中途加入啊。」

「那如果志保妳贏過我，場地又不夠，我就開一攤。」

「你說的喔？我很會打保齡球喔。」

志保呵呵笑了三聲，就這麼往前走。問題是場地又不缺，最重要的是——

「牧牧，你有夠幼稚耶。」

「我跟她也才差一歲好嗎？」

面對苦笑的隆，我回了一句很中肯的話。

後來當我們抵達保齡球館，開始比賽後不久——

「這算什麼啊！」

球瓶隨著清脆的聲音全倒，接著迎接我的是志保的大吼。自從比賽開始，包括剛才這一球，我已經連續三次全倒（火雞）了。

「我沒說過嗎？其實我也很會打保齡球喔。」

「你沒說過！」

「牧牧是去年的冠軍嘛。你那時候打了幾分啊？」

「因為去年狀況很好，兩場加起來大概三百八十分吧。順帶一提，我今天的狀況也很好喔。」

「唔唔唔！」

「沒想到牧牧學長這麼厲害耶。」

我有自覺，但「沒想到」這三個字是多餘的。當我沐浴在同組學弟妹如此失禮的感想中，聽到隔壁球道傳來小小的拍手聲。只見美園正好打完，她沒有回到自己的座位，而是看著我開心地笑著。

「牧村學長，你好厲害呢。」

「美園，謝謝了。不過真正厲害的人會打出更誇張的分數啦。」

「那還是一樣啊。這不會改變牧村學長很厲害的事實。」

「……嗯，謝謝妳。」

這該不會是我今天狀況很好的最大理由吧？雖然組別不同，既然美園在隔壁球道，就算這是玩樂性質的球賽，我也想儘可能讓她看到自己能幹的一面。實際上，她也真的誇獎我了，不可能不感到開心。

「學長之後——」

「喂，美園。妳不可以幫那隻弱雞加油喔。因為我們不只會比個人戰，還有團體戰耶。妳反而應該妨礙他啊。」

「妳說誰是弱雞啊？」

儘管我有自覺啦。但還是姑且反駁與美園同組的香的發言。

「啊……這個……我會努力不輸給學長。先這樣了。」

即使明白香所說的話本身是在開玩笑，生性認真的美園依舊煩惱了片刻，眉毛微微下垂，然後露出可愛的笑臉。不過她還是對我點頭致意，回到自己的組別。

「妨礙……原來還有這一招。」

「志保，我們是同組的吧？」

結果志保也沒來妨礙我，第一局就這麼結束，進入休息時間。我今天的狀況果然很不錯，差一點就能打出兩百分。希望第二局能達標。我一邊這麼想著，一邊前往自動販賣機區的途中，美園從另一邊走來。

「牧村學長，你好厲害呢。」

「美園，謝謝妳。我今天狀況好啦。」

美園找到我後，稍微加快速度走來，露出嫣然一笑。雖然活動只進行到一半，對我來說，已經算是達成目的了。我必須用盡全力板著臉孔，不讓自己傻笑。

「好了，要是被香看到，她又會開始囉嗦。晚點見了。」

「啊，牧村學長。」

我迅速帶過自己差點露出的怪異表情，就要離開現場，但美園叫住我然後稍微環視周遭。接著拉近與我的距離，踮起腳尖，就像說悄悄話一樣將手放在嘴巴旁。

「下半場也請學長加油。我支持你。」

彼此拉近的距離、淡淡的清甜香氣，還有溫柔的細語。美園離開差點定格的我，豎起食指放在嘴前呵呵笑著說：「要對香學姊保密喲？」並微歪著頭，帶動搖曳的深棕色髮絲。

在那之後，我對回到自己的球道之前的記憶都有點模糊，不過獲得如此確實的支持，我已經有了十足的幹勁。最後我拿下個人賽冠軍。順帶一提，雖然志保一直噓我，我們這組也獲得冠軍，她的心情才好轉。

儘管總分沒有達到我預設的四百分，看到美園開心得就像自己獲得冠軍一樣，笑著為我鼓掌，讓我感到無比開心。

當我們離開保齡球館，前往下一個目的地——燒肉店的途中，有人從後頭叫住我。

「牧村學長。」

會這麼叫我的人只有一個，當然了，就算她今天用別的方式叫我，光憑這道可愛的聲線和沉穩的說話方式，我也認得出來。回過頭看見帶著靜謐笑容的美園就在那裡。在保齡球館裡沒能說出口，不過她今天穿著裙長比平時稍長的連身洋裝和內搭褲。現在正是說出「妳今天的打扮也很好看」的時候吧。

「美園。妳今天……會去參加酒席嗎？」

難度果然很高啊。

「會，我打算參加。牧村學長也會去嗎？」

「嗯。應該會看隆或仁的家哪邊有位子，就去哪邊吧。」

「學長不去若葉學姊那邊嗎？」

美園大概也聽說會去誰家喝酒了，所以對我沒考慮去若葉家，似乎感到不解。

「若葉家感覺都是女孩子會去，我去那邊不太好。」

主要是對我的心靈層面不好。絕不是我和若葉不和。

「這樣啊。若葉學姊有邀我去她家，真是太可惜了。啊，但我也不能叫牧村學長來女孩子堆裡……」

美園這麼說，露出遺憾的神色，我看了有點高興。這讓我稍微萌發去若葉家的意願了。雖然不可能真的去。

「對了，接下來去吃飯，座位已事先排好了嗎？」

美園不知為何思索了一下，當她抬起頭來，詢問的卻是燒肉的座位。

「去年不是吃燒肉，不過也沒事先安排。既然到現在都沒人說什麼，今年應該也一樣吧。到時候就順勢隨便坐。」

「順勢隨便坐是吧。」

聽完我的解釋，美園有些調皮地這麼說道。

「怎麼了嗎？」

「不，沒事喔。」

美園笑著裝傻，避而不答，但看她的表情感覺好像很開心，我想這對她來說大概是一件好事吧。只要知道這點就夠了，所以回她一句「這樣啊」，就這麼和面帶微笑的美園一起走到店裡，然後順勢坐在一起。

「妳不去那邊沒關係嗎？」

「沒關係。反正我跟小志隨時都能聊天啊。」

就算不去找志保，也有女孩子組成的小圈子，我本來想美園去那裡會比較好，但她堅決不去。她肯待在我身邊，當然是很高興啦。

「但我跟妳也隨時都能聊天吧？」

我隨口這麼一說，美園猛然看向我，整個人差點彈起來。

「我可以隨時找學長聊天嗎？」

「要選深夜、一大早、上課和打工以外的時間喔。」

「我可是問過學長了喲。你絕不能反悔喔？」

我覺得她其實可以不必這麼反覆確認，我也不會反悔。不過看著美園因為我不假思索的話語而如此開心的表情，便吞下了這樣的想法。畢竟那對我來說也是值得高興的話語，沒有必要潑她冷水。

「兩個人打得火熱耶～」

「那個牧牧居然也會這樣啊。」

這兩道聲音的主人明明就坐在我們對面，我卻壓根兒沒看到他們。

「你們在喔？」

在我身旁的美園已經滿臉通紅地低著頭，原本想連她的份也一起還以顏色——

「你的意思是剛才眼裡容不下周遭？也不用這麼強調自己進入兩人世界了嘛。」

結果是對面的傢伙技高一籌。

「仁，救救我吧。」

「你明知我沒辦法。」

「也是啦。」

坐在對面的人是香和擔任委員長的仁。我的對面是仁，美園的對面是香，她現在正在捉弄美園，說著「妳臉紅了，好可愛」。雖然她所說的話我是大大贊同——

「香，妳適可而止喔。」

「我被罵了。抱歉啦，美園。」

「不、不會。我一點也不在意。」

就算在意，應該也說不出口，不過從美園的模樣來看，應該是真的不在意。畢竟她算是會把情緒寫在臉上的人。

「不過牧牧你居然敢用這種口氣跟香說話，你真的很看重人家耶。」

仁看不出話題已差不多要告一段落，再度掀起波瀾。美園本來已經開始恢復正常的臉頰色彩，這下又染上紅暈，她就這麼看著我。至於坐在我斜對面的香則是一臉無奈。

「你也別把自己的女朋友說得很像暴君好不好。」

「仁，你會不會太過分啦？」

我故意不提及後半段那句話，試著把香拉下水。她大概也覺得自己多少要負責，所以很配合我說話。仁受到伏擊，訝異地看著香，不過有個人比他更驚訝。

「什麼？香學姊和仁學長，你們正在交往嗎？」

「對啊。不過用看的也看不出來吧。而且我們本來就不怎麼黏在一起。」

「被我知道這件事，這樣好嗎？」

「我們又沒有隱瞞的意思，完全沒差啊。對吧，香？」

「對啊。不然美園，妳交到男朋友的時候是會想隱瞞的人嗎？」

「咦！」

被人虧又被嚇到之後，突然來了這麼一個問題，美園看起來很驚慌。當我正猶豫該不該幫她的時候，她篤定地說出回答：

「我會想告訴身邊的人。」

這個答案讓我有些意外。

「以妳的情況來說，說出來確實比較好呢。」

「要是不大肆宣傳，感覺會有很多男人貼上來。」

我聽了香和仁說的話，也同意他們的觀點。若要驅趕男人，這的確是最好的手段。

「呃……我不是這個意思。因為要是不確實表明對方是我的男朋友，結果其他女生喜歡上他，那我會很困擾。」

沒想到美園的理由完全相反。雖然我覺得世上沒有與美園交往後，還三心二意的笨蛋存在。

「哦哦，沒想到妳這麼強勢。」

「牧牧，聽見了嗎？那你呢？你看起來像不會公開的人。」

為什麼要把話題拋到我身上啊——當我這麼想，便發現仁和香屬於沒有隱瞞的人。美園硬要說的話，是想公開的人，這麼一來，接著詢問我這個還沒表態的人也很正常。

「說實話，我沒想過這種事。」

我是想交女朋友，卻從未假設交到女朋友之後的事。

「牧牧，你看一下氣氛行不行？」

輪不到你來說。

「不然你現在想想看呢？」

我無視不會看氣氛的委員長，針對香的問題開始思索。

「硬要說的話……應該會想公開吧？」

「哦～好意外。為什麼？」

「……感覺……吧。」

就算撕爛我的嘴也說不出口，其實我假設的對象不用多說，就是坐在身旁的學妹。因此如果對象是美園，我認為必須向身邊的人挑明這件事。

「我們一樣耶。」

美園感覺很開心，我也只能回她一句「是啊」。仁和香見狀，又開始虧人。但這次當然只虧我一個。

「牧村學長，你要喝什麼飲料？」

「先喝烏龍茶好了。妳呢？」

「我也要喝烏龍茶。」

美園看到坐在對面座位上的香勤快地顧著仁的肉，也效仿她顧著我的肉。我叫她別在意，吃自己的，她卻說吃太多會胖。這麼苗條的人說出這種話，簡直是跟全世界半數的女性結下梁子。

續攤是在隆的家舉行。吃燒肉時光是有美園陪在我身旁就已經夠豪華了，但現在這裡只有男人在場，有夠苦悶。若葉家全是女孩子，仁家則是男女各半，剩下的最後一個地點自然會變成這樣。順帶一提，除了說什麼「要是跟女孩子喝酒，我女友會罵我」放閃的渡久，所有人都單身。

「隆學長，我好想交女朋友喔。」

大概是因為雄一打從一開始就肆無忌憚灌酒，他現在已半哭著纏上隆了。

「我也想要啊。」

現場大概除了一個人，所有人都這麼想吧。

不，錯了。是兩個人。我想起美園說過的話。她說：「我並不是想要一個男朋友，而是想跟喜歡的人交往。」

我也一樣。並非想要一個女朋友，而是有個想讓她變成女朋友的對象。

「女朋友很棒喔。該怎麼說呢？會覺得每天都很幸福喔。」

我已經懶得吐槽持續放閃的渡久，所以直接不理他。

「隆學長跟牧牧學長呢？」

不知是受到渡久的影響，還是想儘快終結渡久放閃，一年級生要我們聊戀愛話題。通常這種時候不是應該看著畢業紀念冊，然後互相討論喜歡什麼類型的女孩子嗎？

「我沒對象。」

「牧牧你有吧？」

隆居然出賣我。既然你想這樣，我也有我的做法。

「我也只是偶爾會跟美園一起回家啊。如果真要這麼說，若葉去年還不是來這裡過夜好幾次？」

「那個不是——」

「真的假的？」

「請學長說詳細一點啦。」

我順利出賣隆以換取自己的安穩。事實上，隆和若葉之間並沒有什麼，應該吧。其他社團我不是很清楚，不過在文執裡，男女關係非常隨性。雙方可以任意在對方家中單獨喝酒，根據情況，也會直接住下來。當然了，雙方不會有肉體關係。因為這樣，有些人會跟睡在同一張床上的人告白，然後被甩掉。

沒錯。我們男生、女生走得很近，卻與戀愛無關。美園一定也是如此。在文執的學長當中，她和我應該最熟。這不是往自己臉上貼金，我自認有某種程度的客觀性。最近我們變得更加熟稔，她的遣詞用字以及對待我的方式已經不再那麼生硬。但即使如此，我們最根本的距離依舊和一開始一樣，頂多只是學長與學妹的關係。

所以我送她回家、進她家門、一起吃飯，這些對她來說，都不是什麼大不了的事。當然了，對我來說卻是大事一件，也能證明美園對我有某種程度以上的信賴，所以我很高興。

不過我們之間並沒有戀愛感情。我絕不能會錯意。

第四章

「牧村同學，你今天好像一直發呆耶？」

這天第一次聽到這句話時，我正在吃午餐。星期二下午是生物系的集體實驗時間，所以這天常會和系上的朋友一起吃午餐。我是自覺從早上開始就無法集中精神，但當我不小心弄掉筷子，才有人這麼說道。

「牧村同學，你今天一直分心耶。真不像你。」

今天第二次聽到意思差不多的話語，是出自負責實驗課程的老師之口。事情發生在我大大搞錯要放進真菌培養皿中的糖的種類和分量之後。如果是平常的我，絕對不會出這種錯，應該說根本沒有人會犯這種程度的錯誤。因為整段時間白白浪費掉了，我只能對同組的夥伴道歉，結果對方別說原諒我，甚至反過來擔心我。今天的自己到底有多慘烈啊？至於原因，當然有頭緒。但無論多努力，還是要再過五個小時才會解決。

後來我沒有再犯下任何大失誤——小失誤倒是有幾個——順利結束實驗，但我的專注力始終不夠。

實驗結束後，我吃完晚餐，接著參加文執的全體會議。這次討論的是文化祭的宣傳看板的設計案，但討論結束後，我現在根本不記得說了些什麼。反正隨時都能看資料，是不會造成困擾，不過還是要好好反省。

然後今天的部門會議，將會宣布一年級學弟妹被分配到哪個組別。會議一開始，資料也跟著發下來，我首先尋找自己想看的關鍵字，發現那些字就印在如我所願的地方。

「第二舞台組　君岡美園　小泉雄一」。

「好！啊……」

我反射性發出聲音。當自己心生「完蛋了」的想法，抬頭環視四周，發現大家都悲喜交加，就連旁邊的阿實和渡久都沒聽到我的聲音，這才鬆了一口氣。同時也察覺自己相當用力地握著拳頭。

「那請大家確認完畢後，就各組集合，宣布一下各組的工作和往後的行程。今天的部門會議到此結束。接下來麻煩開始各組會議吧。」

隆在依舊吵鬧的室內宣布會議結束，各組組長便開始召集組員。我繃緊自己的臉往香身邊集合，雄一也馬上來了。不知道他是否本來就想來第二舞台組，顯得很開心。

而美園晚了雄一一會兒，隨著一句「讓各位久等了」來到我們身邊。她那張有些紅潤的臉已經放鬆，正用手掌捧著，避免太鬆懈。她內心的喜悅可見一斑，見狀的我也變得更開心。她的心願達成真是太好了。

「好了好了。那未來半年我們這四個人就一起加油吧。還需要自我介紹嗎？」

所有人都搖搖頭，香也滿意地點了點頭。

「那事不宜遲，先來決定重要事項吧。」

「有什麼事情需要現在馬上決定嗎？」

只見香故意大嘆一口氣，晃著她的食指，發出「嘖嘖」的聲音。

「牧牧啊，你怎麼能忘記派對呢？」

「派對？」

「什麼派對？」

美園和雄一聽不懂香所說的話是什麼意思，應該說不知道她有什麼打算，因此接下她的話反問。

「歡迎會不是有辦全體跟部門嗎？她的意思是也要辦一個組別的歡迎會啦，也可以說是一場同樂會？反正就是這類活動。可是這個重要嗎？」

「如果牧牧覺得不重要，就我們三個人自己去，可以嗎？」

「對不起，是我不好。」

這種時候被排擠實在太悲哀，所以我表示自己是在開玩笑，並馬上道歉。香點頭並說道：「明白就好。」美園和雄一見狀，兩人都笑了。雖然他們笑的方式非常不一樣。

「那先來討論日期吧。地點已經決定要辦在牧牧家了。」

「咦？」

發出聲音的人不是我，而是美園。我早料到會這樣，所以並不驚訝。香是住在家裡通學的人——其實已經跟仁是半同居狀態——而這場派對也算一年級的歡迎會，所以只剩我住的地方可選。

「啊。不好意思，學姊繼續說吧。」

美園為了掩飾尷尬，笑著請香繼續說。

「那麼關於日期，我覺得星期六作業結束後的時間不錯，你們呢？」

「我下個星期六傍晚要打工。下下個星期就可以。」

「只要是星期六，我應該隨時都可以喔。」

「我也可以。」

「那就定在下下星期，六月的第一個星期六，可以吧？」

「了解。」

「好的。」

「收到。」

三個人各自做出三種回應，日期就輕鬆決定好了。

「牧牧，我想你應該沒什麼問題，不過還是記得打掃一下家裡喔。」

「好，包在我身上。」

我平常就勤於打掃家裡，重要的是這次會讓美園踏進家門，我一定打掃得比平常勤勞。應該說現在已經擔心得不得了，未來每天都會仔細掃。

「我能被分配到第二舞台組，真的是太好了。」

今天部門會議一下子就結束，把剩下的時間都分給組別會議，因此組別不同，散會的時間也跟著改變。志保如願被選進第一舞台組，還留在那裡參與時間拖得有點久的組別會議。所以今天回家的路上，只有我和笑嘻嘻的美園兩個人。

「其實我從早上開始，就一直擔心自己能不能被分配到第二舞台。也被小志唸，說我靜不下來。」

美園露出苦笑，其實我也一樣。尤其自己還介意到整個人心不在焉的程度。這件事明明與我無關，卻搞得這麼丟臉，我絕不會說出口。

「這都是多虧牧村學長的祈禱呢。」

對我綻放的這張笑臉好耀眼。

「應該要歸功於妳平時循規蹈矩吧。反正不管怎樣，恭喜妳了。」

「是啊。未來也請學長多多指教喔。」

「我才要請妳多多指教。」

我急忙收回在一瞬之間差點伸出的手，幸好美園沒有注意到。

「我也好期待下下週的派對。要去牧村學長家做大阪燒嘛。」

「是很期待啦，但我家跟大阪燒都不是什麼稀奇的東西吧？」

聽到我這麼說，美園帶著微笑輕輕搖頭。

「因為這是我第一次去牧村學長家啊。我非常期待。」

「拜託妳別把期待值拉得太高，到時候失望喔。」

「一定沒問題的。」

這根本毫無根據，但她用這抹笑臉這麼說，便完全消弭了我想否定的心。

「還有，這也是我第一次跟家人以外的人下廚。學長要讓我幫忙喔。」

「聽到妳這麼說，我很高興，不過這也是一年級學弟妹的歡迎會，妳不用忙啦。」

「就算我說想幫忙，那也不行嗎？」

我實在拿這道仰望的視線沒轍。就算不是我，應該也沒人有辦法抗拒。

「那我就恭敬不如從命，請妳稍微幫點忙了。」

「好！我真的好期待。」

美園以耀眼的笑容這麼說道，我的目光頓時無法從她身上移開。

之後在我送美園到家前，她的心情一直很好，好到連走路方式都看得出來。看到她那個樣子，我發現自己的臉不知不覺開始放鬆，於是又用點力，繃緊臉上的肌肉。

◇◇◇

一年級學弟妹被分配到各組後，文化祭執行委員會才算正式開始活動。在我心神不寧的期間，大家已經決定好宣傳看板的設計案，並安排本週六日著手製作數個看板，然後預計六月上旬開始放在校內醒目的地方。

「原來這麼早就放看板啊。」

「否則來不及啊。」

雄一與我同樣隸屬木製看板小組，我回答了他的問題。

「文化祭是十一月的第三個星期對吧？後期再開始做也綽綽有餘吧？」

「因為展演活動和攤販申請擺攤的期限是在十月中旬。如果十月才開始宣傳，根本來不及。」

「喔，原來如此。」

那麼應該什麼時候開始宣傳呢？八月、九月都屬於暑假期間，所以跟十月開始宣傳的效果差不多。換言之，我們必須在暑假前就放出消息，但七月是考試期間，文執也會暫停活動，因此理所當然變成六月開始宣傳。

「所以才要從小型看板開始加緊腳步製作，好做出一定的數量是吧？」

「你只說對一半。數量自然是愈多愈好，但一個大型看板一直擺在同一個地方，實在很擋路，而且要是倒下來也很危險。」

今明兩天要做的都是高一公尺左右的小型木製看板，還有同樣是小型的紙製看板。因為先前的作業，木製看板已經被清得乾乾淨淨，只要在上頭貼上模造紙然後放乾，明天再作畫、上字，並貼上塑膠膜就行了。至於紙製看板則是用紙箱當板子，剩下的工程都跟木製看板相同。

「大型看板會在文化祭前一個星期才拿出來擺喔。」

「那到時候就比較有時間做大型看板呢。」

「是啊。」

「話說回來，小型看板已這麼費工，現在光想以後要做大型看板，就覺得可怕。」

製作看板的過程中，最辛苦的大概就是我們現在要做的貼模造紙。這個作業需要好幾個人拉平模造紙，小心不讓它產生皺褶，但新手總是貼不好。順帶一提，就算是已經做過很多次的人，還是很容易失敗。

「放心吧。你會在失敗的過程中找到樂趣。」

「這根本不能放心吧……」

我們就像這樣，雖然艱辛，依舊在六日兩天順利做完預定分量的宣傳看板。

◇◇◇

到了下個星期，我們決定利用只有早上有課的星期四架設看板，但很不巧，我這天已安排打工，所以無法參與。美園笑著說她會參加，所以我祈禱她會如同那副表情一樣樂在其中，便去打工了。

當店內的人潮逐漸退去，我看看時間，現在是下午四點三十分。這個時間離晚餐還早，應該還會空閒一陣子，當我這麼想，有一組五人的客人來到店裡。其中一個人是我很熟的面孔，另外兩個人我認得名字，最後兩個人則是見過面。她們都是文執的學妹。

那張熟面孔——美園看到離店門口稍遠的我，一臉愧疚地輕輕對我低頭致意。志保不曉得是不是去合唱團，她不在現場，但我想這些人都是做完文執的工作後，才繞到這家店。我帶著「別在意」的訊息輕笑之後，把手放在臉的下方輕輕揮動。美園見狀，鬆了一口氣露出笑容，看到她明白我的用意，我也放心了。確認同事將她們帶到六人座的座位後，回到自己的工作上。

「牧村，來了個很可愛的女孩耶。」

帶位的同事經過我身邊時，用目光示意美園她們那桌，興奮地這麼說。我知道──我壓抑著想說出這句話的嘴，只回了一句：「是啊。」

他似乎很想幫美園她們點餐，一直在她們那桌附近閒晃，但領班剛好這時候想找個幫手，我便出賣他，說他好像很閒。

我出賣同事不久後，那桌按下呼叫鈴，順利由一名女同事前去幫忙點餐。現在吃晚餐還太早，所以她們點的是輕食和甜點類。既然點了五人份的餐，有一定的分量，所以我去幫忙送餐。送上廚房告訴我的最後一道食物，然後做最後確認。

「五位點的餐都到齊了嗎？」

美園露骨地避開我的視線，顯得坐立難安。我很清楚她的個性無法說謊，因此會心一笑，但如果她以為這樣是在幫我隱瞞，那根本是反效果。我是沒有想遮遮掩掩──追根究柢，要是不想讓別人知道，就不會找大學附近的工作了──所以就算被人知道，我也無所謂。

「請問……我們是不是見過面？」

其中一個我知道名字的女生仔細看著我，然後這麼問道。

「妳現在是反過來搭訕人家？」

「不是啦。他是文執的學長啦。就是第二舞台的牧牧學長。」

「咦？嗯～經妳這麼一說，感覺好像是耶。」

考慮到我在文執的出席率，我們算是一週會見一次面。就算稍微改變髮型，近看也認得出來，這並不奇怪。知道一年級的學弟妹有記住我，反倒讓我稍微放心了。

「對，我是二年級的牧村。」

「看吧，我說對了。」

「學長給人的感覺完全不一樣耶。」

我知道名字的兩個人是展演企畫部的學妹。另外兩個人隸屬其他部門，所以我只認得長相，不過對方也是如此，即使我自報姓名，她們還是一副「誰啊？」的表情。

「學長不考慮平常也用這種髮型嗎？」

「現在這樣絕對比較好喔。平常那樣太土了。」

不用妳們管。

「我會考慮考慮。謝了。」

要是聊太久，感覺會說不過她們，所以我只回了這句話，就這麼離開。事實上，自從美園和志保第一次來的那天誇過我後，也想過好幾次要不要換個髮型。但到頭來始終錯過機會，一直到今天。嘴上說著「之後有機會再說」，結果依舊一成不變，我就是這麼沒出息。

這是美園第二次在我打工時過來，不過狀況跟第一次不一樣。我比平常更要求自己抬頭挺胸，連走路方式也很用心。花的心思愈多，精神上就愈疲憊，不過當我偶爾窺探美園，看到她笑著和朋友們說話，疲憊一下子就被吹散了。到了晚餐時段，店內開始出現人潮，美園她們和這些客人錯開，離開這家店。當時她點頭致意的身段和溫柔的微笑讓我留下很深的印象。

後來我抱持好心情工作，直到晚上七點下班。當我在更衣室換好衣服，正好看到手機有一則訊息。

『如果學長方便，要一起回家嗎？工作結束之後請跟我聯絡。』

面對這則和拿著手機的企鵝貼圖一起傳來的訊息，我回覆同意後，快速離開店裡。

我已經不記得正確的時間，不過自從美園她們走出店裡，已過了三十分鐘以上。我從後門跑到正門，美園正如我所想，在店外等著。

「啊，牧村學長。」

「抱歉，妳等很久了吧？」

「是我自己要等，請學長別放在心上。讓你替我想這麼多，我才該道歉。」

「我只是結束打工，照常從裡面走出來而已，所以沒什麼大不了。倒是妳，可以進去裡面等啊。」

美園就待在店門口，光線並不昏暗，但女孩子在太陽下山後還一個人待在外面，實在不能說安全。

「因為大家都要回家，我看店裡人潮也慢慢變多。而且我本來以為學長會是九點下班，想說要是在店裡待那麼久好像不太好。」

「妳打算在這裡再等兩個小時嗎？可以跟我說一聲啊。」

美園說得輕描淡寫，但我真心慶幸自己今天晚上七點就下班了。

「而且我今天沒說一聲就來打攪，要是在工作時上前攀談，也會給你添麻煩。」

美園說得一臉愧疚，這讓我想起我們去吃燒肉時的事。當時說好可以隨時聊天，但是她把打工從「隨時」當中排除了。

「我不是說可以隨時跟我說話嗎？妳可能不把打工和其他時候算在裡面，但妳真的可以隨時跟我說話。我或許有時不能回覆，但不管在上課還是打工時都可以找我。如果真的需要，半夜或一大早都沒關係。」

「但這樣不會造成學長的困擾——」

「不會啦。像今天我也不覺得有什麼困擾啊。」

像這樣無論何時何地都能體貼對方，是她的美德。但一直如此，我怕她會太累，重要的是希望她對我敞開心房。

「再說了，要是我叫客人別來，會被店長罵吧？」

我半開玩笑這麼說道，只見美園眨了眨眼，遮著嘴角笑著說聲：「也對呢。」

「那我們走吧。」

「好。」

我示意美園移動，便和她邁開步伐。我想把剛才心裡想的事告訴她，卻猶豫著不知該怎麼說，才能完整表達自己的意思。

「美園，不用太顧慮我沒關係。該怎麼說呢……不用思考會不會給我帶來麻煩。」

結果說出口的話語，卻是如此平白無奇。想當然耳，美園有點困惑地看著我。明明就是希望她別再露出這種表情。而且——

「妳笑起來比較可愛。」

當我脫口說出這句話，連我自己都嚇一跳。美園原本一臉困惑，嘴巴開開合合，好像想說些什麼，最後卻低下頭。

「啊……扯遠了，但我們至少接下來要一起共事到文化祭，要是一直這麼客氣，我怕妳會很累──」

「至少──是嗎？」

「咦？」

美園低著頭發出呢喃，即使我反問，她也沒有反應。我窺視著她的模樣，接著她抬起頭來。

「請學長跟我交換條件。」

美園豎起食指，有些調皮地笑道：

「也請牧村學長不要跟我客氣。我們或許還會相處好一陣子，所以彼此都不要顧慮對方。這樣如何？」

「我倒是覺得自己不怎麼顧慮妳啊。」

「如果學長自己沒感覺，那我會很擔心。其他人也都──沒事。」

美園一瞬間露出不滿的神情，卻又馬上恢復笑臉，默默伸出小指。

「又要打勾勾？」

「因為這是很重要的約定。」

「知道了。」

我雖然面露苦笑，還是伸出小指。這是第三次和她打勾勾，不過還是有點難為情。從美園端正的臉窺見的靦腆，我知道她也和自己有同樣的感受。

儘管約好彼此不再顧慮對方，美園還是會顧慮我吧。不過現在能往前踏出一小步，我就很滿足了。

◇◇◇

六月的第一個星期六。文執要做的事開始逐漸減少，這天我在下午兩點前完成文執的工作，來到委員會辦公室附近，與阿實跟渡久小聊一會兒之後便回家了。我隸屬的文執展演企畫部第二舞台組的迎新兼同樂會，將在傍晚六點展開。

『我可以現在去找學長嗎？』

在快要下午四點時，一則訊息附帶著走出房門的企鵝貼圖傳來。此時我已經出門採買完畢，正想著差不多該開始切高麗菜。

『好啊。』

『謝謝學長。我馬上過去。』

馬上就收到回覆。這次傳送的貼圖是敬禮的企鵝。

「室內還乾淨吧？」

我從書桌前站起來環視周圍，已經再三細心打掃過，所以室內整潔到近乎完美的地步。明明應該是如此，但不管再怎麼乾淨，還是覺得很不安，因此不斷東看西看。看著看著門鈴就響了。

「來了！」

這時我正好在檢查分明不會被人看到的浴室排水口。

「牧村學長，你好。」

「美園，歡迎。進來吧。」

「打……打擾了。」

我打開大門，請她入內，但美園深深低頭鞠躬後，遲遲站在玄關不肯入內。從她忸怩怩的模樣，感覺得到她那份可愛的緊張，而我跟她那張稍嫌僵硬的表情不同，顯得很放鬆。

「妳很緊張耶。」

「因為我現在要進牧村學長家打擾啊，當然……會緊張。」

美園有些畏怯地仰望我，我說了聲「請進」並往室內伸出手示意，她這才緩緩點頭說「好……」並戰戰兢兢地入內。

「打擾了。」

美園再度鞠躬，不過這次角度比較小。這時我正好關上玄關的門，一股甘甜的香氣就這麼掠過鼻腔。

「牧村學長，我可以借一下冰箱嗎？」

那股香氣比平常重了點，不過是很好聞的氣味。我想那應該不是香水，而是她洗完澡才過來。一想到這點，剛剛才緩解的緊張以更強烈的姿態回來了。

「牧村學長？」

當我回過神來，擺好鞋子的美園一臉不解地在我眼前揮著手。

「噢，抱歉。冰箱啊，請用。」

「謝謝學長。我自己開喔。」

仔細一看，美園除了帶平常那個白色包包，還另外拿著兩個可愛的紙袋，她從較小的紙袋中，取出幾個小型容器放進冰箱中。從東西的顏色來判斷——

「布丁？」

「對。但這個不是外面賣的布丁，不知道大家會不會喜歡……」

「該不會是手工製的？」

「對。是我做的，所以請不要抱持太大的期望喔。」

即使她帶著不安和羞恥的表情這麼說，我卻沒有任何不安。依照她的個性，如果是自己不滿意的成品，她也不會拿過來。那東西絕對很好吃。

「剛好可以拿來當飯後甜點。我也很期待它的味道。」

「討厭……」

這張鬧彆扭的表情好可愛。

「好了，總之妳先進來吧。」

我住的地方是附廚房的套房，玄關一進來就是廚房，後面則是有用門隔起來的生活空間。我扶起蹲在冰箱旁邊的美園，打開那扇門請她入內。

「這裡就是牧村學長的房間啊。」

美園睜著發亮的雙眼這麼說，但跟她住的地方相比，根本是隨處可見的平凡空間，而且毫無品味可言。灰色的遮光窗簾，床和書桌、茶几等家具基本都是自然的木頭色調，靠枕和棉被不是白色就是黑色，一點擺飾也沒有。明明是如此平凡無奇的房間，儘管美園心中依舊緊張，卻一臉新奇地不斷看著室內。

「就算妳看得這麼用力，也沒有什麼了不起的東西喔。」

「不，我覺得這是個很棒的房間。啊，那個……」

美園的視線被掛在書桌旁的藍色物品吸引。那是去年的文化祭執行委員會的工作人員連帽外套，背面印著大學的名字和「第五十八屆文化祭執行委員會」的字樣，還有去年文化祭的LOGO。正面沒有圖案，不過左袖靠近上臂的地方繡著我的名字。上頭還有洗也洗不掉的顏料汙漬，與經過拉扯而鬆開的線頭，不過這件外套充滿許多回憶，毫無疑問是我的寶物。

「我可以看看嗎？」

「好啊，請看。」

美園慢慢靠近書桌，直盯著那件工作人員外套。美園說過，自己去年有來參加文化祭，所以才決定加入執行委員會。對她來說，這件外套也是充滿回憶的物品吧。在興奮的加持下，她的臉有些紅潤。

「妳可以拿下來看喔。」

「可以嗎！但這應該是很重要的東西——」

是充滿重要回憶的東西。正因為如此，哪怕只有短短的一刻，我也想跟美園分享。當然了，這種話我才說不出口。因此我聳聳肩，豎起小指，提及之前說好的約定。

「不是說過不要客氣嗎？」

「謝謝學長。那我就恭敬不如從命了。」

美園放鬆帶有溫暖色彩的臉頰，當我連著衣架一起把外套交給她，她戰戰兢兢地接過，白皙的手指輕柔地撫過藍色的工作人員外套。她正好摸到左袖的繡字，也就是我的名字「牧村」二字。她那雙彷彿看著懷念又憐愛之物的眼神，奪去了我的目光。

「我去年來參加文化祭之後，萌發了明年也要穿上這件衣服的想法，所以才會這麼努力。」

美園溫柔地摸著外套，以沉穩、溫柔的聲音說道。說完後，她提起落在外套上的視線，眉毛稍微下垂，一臉害羞靦腆。

「如果不介意，要穿穿看嗎？」

「咦？」

「啊……我是說，上面雖然有顏料，但內裡沒沾到，我也洗得很乾淨……不會勉強妳穿啦。」

我希望她穿上。而且不小心說出口了。明明不會有人想特地穿上別人工作穿的衣服啊。就算我說「不用勉強」，按照美園的個性，她一定不好拒絕學長姊。然而——

「我可不會客氣喔？」

美園微微歪著頭，呵呵笑道，接著學我豎起小指。

「……嗯。妳別客氣。」

「好。」

當我接過衣架，美園瞇起眼睛面帶微笑，慢慢把手伸進袖子裡。她的臉頰比剛才還要紅潤，彷彿彰顯著她的喜悅。

「像這樣穿上去，就會知道牧村學長的體格比我大耶。」

「畢竟男生跟女生不一樣嘛。我們的身高也差了二十公分吧？」

美園伸直雙手，卻只有手指前端露出袖口。這件鬆垮的工作人員外套並不是什麼名牌貨，反而是件便宜貨，但我的心跳之所以這麼快，並不單單只是因為美園可愛過人，或是喜歡她。因為我知道她非常珍惜我重要的回憶之物，才會這麼高興。美園站在房間裡的全身鏡前，輕輕環抱自己纖細的肩頭，令我無法移開目光。

「謝謝學長。」

「如果這點小事就能讓妳開心，妳想穿多久都行。」

後來，美園看著鏡中的自己好一陣子，接著失落地垂下眉尾表示：「要是繼續穿著，會不想脫下來。」因此依依不捨地把外套掛回原本的地方。當然了，她還不忘有禮地向我行禮道謝。

「之後我還可以再借來穿嗎？」

「當然可以。」

我對著臉上還留有一絲紅暈的美園大大點頭。其實今年的工作人員外套會在暑假前完成。雖然這樣顯得有點狡猾，我還是避而不談。

「啊，我占用了學長好一段時間，是不是該開始準備了？請務必讓我幫忙喔。」

「嗯，開始準備吧。」

「好。」

話雖如此，這個家的廚房沒有美園家那麼寬敞。兩個人一起站在廚房恐怕有困難。所以我們決定一個人在客廳桌上製作麵糊，另一個人在廚房切高麗菜。

「可以讓我來切高麗菜嗎？」

「了解。那我做麵糊吧。」

「麻煩學長了。切成高麗菜末和高麗菜絲兩種就行了吧？」

「對，拜託妳了。」

「好。」

美園笑著回答，並從她帶來的大紙袋中拿出水藍色的圍裙和髮圈。她靈活地將圍裙套在米白色的連身洋裝上，然後在壁掛式全身鏡前開始綁頭髮。

以前一群男人聚在一起時，曾討論過每個人覺得女性的哪個地方有魅力。我記得當時渡久說「後頸」，而我卻說「不過就是脖子吧」，但是現在才知道自己大錯特錯。這個很不妙。我的目光以跟剛才不同的原因直盯著她看。

「請學長不要一直看。我現在還是不太會綁頭髮。」

當我完全入迷地看著她，眼神不小心與在鏡中檢查綁好頭髮的美園對上，她於是害羞地這麼說。如果這樣算不會綁頭髮，那當她會綁的時候破壞力有多驚人呢？

「抱、抱歉。」

我急忙別開視線，結果聽到呵呵笑的聲音，當我慢慢挪回視線，便看到美園調皮地笑著看我。

「等我綁得好的時候，再請學長看看吧。」

「我盡力……」

說歸說，連我也不知道要盡什麼力。

隨後，我靜下心開始製作麵糊，菜刀傳出的規律切菜聲不絕於耳，聽起來很舒服。美園的刀工非常好，她剛才雖然那般謙虛，但看她的刀法，那個布丁一定會有超乎期待的滋味吧。

「那我去接雄一過來。」

我把麵糊分裝在切成兩種模樣的高麗菜裡，並放著讓麵糊醒麵，再來等香和雄一抵達就能開始煎了。正好這個時候雄一聯絡我，要我去接他。

「香可能會過來，可以拜託妳留在這裡嗎？」

「好，請包在我身上。」

「還有，姑且先把這個給妳。」

我從書桌抽屜裡拿出備用鑰匙，然後拿給美園。畢竟萬一她必須出門，按照她的個性，一定不敢不幫我鎖門就出去。

「呃……這個……」

「如果妳要出門，就用這個吧。今天回家時再還我就好了。」

「啊，知道了。我先收下喔。」

我突然把鑰匙交給她，讓她一陣混亂。當我解釋後，她便寶貝似的用雙手捧著那支小小的鑰匙。總有一天，我能夠告訴她「不用還」就將鑰匙交給她嗎？

「那我走了。」

「好，學長路上小心。」

我在美園莫名開心的目送下走出大門。從她口中自然而然道出的「路上小心」，是我已經好久沒聽見的話語，在懷念的同時也感覺到內心充滿暖意。

我抱著這樣的心情，徒步走到跟雄一約好碰面的地方，也就是離我家最近的超商。他看到我，第一句話就說：「學長心情不錯嘛。」沒錯，好極了。

「原來跟康太學長是同一棟公寓啊。我要是知道，就可以自己過來了。」

我帶著雄一來到公寓後，他抓了抓頭上的短髮，有些愧疚地說道。

「是我沒跟你說，別介意。而且帶路也沒有多麻煩。」

事實上，我走到超商也只需三分鐘。來回六分鐘。只要想到我有美園那句「路上小心」，還覺得自己賺到了。

「好了，快進來吧。」

「打擾了。」

我催促雄一離開玄關進來，並在廚房打開通往房內的門讓他進去。剛才在玄關有看到鞋子，香好像也到了。

「妳們好。」

「哈囉，雄一。」

「雄一同學，你好。」

「牧牧，你也辛苦啦。」

「辛苦了，歡迎。」

香果然在裡面，我和她彼此打聲招呼之後看向美園，她露出讓人感覺到暖意的溫柔笑容。

「牧村學長，你回來啦。」

「我回來了，美園。」

我就知道她一定會這樣迎接我回來。然而她的話語還是讓我這麼開心。

「呃，你們這是怎樣？」

「什麼怎樣？」

「雄一，夠了，別管他們。」

「啊？好吧，既然香學姊這麼說，我就不管了……」

以兩個大學生來說，我們這樣的互動或許很稀奇，但也只是很正常的問候罷了。我不知道這有什麼好大驚小怪，雄一卻無可奈何地就座。然而當他看到香買來的酒，馬上就將這件事拋諸腦後。

「牧牧學長，我們快點煎吧。不煎就沒辦法乾杯了。」

「我這就把麵糊拿來，你等一下。麻煩幫我準備電烤盤。」

我從冰箱拿出麵糊，還準備了可以按照自己喜好添加的幾種配料。順帶一提，要是配料有剩，我會全推給雄一解決——我是說，送給他吃。

「好了，那麼……第五十九屆的第二舞台組，讓我們和樂融融地一同舉辦活動吧。乾杯！」

在雄一想喝酒而卯足幹勁的指揮下，如今所有人的大阪燒都已經煎好，身為組長的香便帶頭乾杯。美園不會喝酒，所以她喝柳橙汁，除此之外的三個人都拿著裝有啤酒的紙杯，喝下第一口——我才剛這麼想，結果另外兩個人都一口乾了。

「喂，香就算了，雄一你可以嗎？」

「可以。因為我不太會醉。」

「那就好，但你可千萬不能學香喝酒的步調喔。」

「你是什麼意思啊？」

當我傻眼地看著雄一，心想「難道他以前都灌不醉？」時，香已經要美園幫她倒第二杯酒，而且當香接過啤酒罐，也順便替雄一倒了第二杯。香背對窗戶坐在客廳桌子旁，我們的座位按照順時針順序是香、我、雄一、美園，所以如果香要替坐在她對面的雄一倒酒，就要探出身子。就算有萬一，我也不希望酒灑出來，所以下次由我來倒吧。

「你們兩個人都習慣文執了嗎？」

「完全習慣了。」

「習慣了。學長姊和朋友都很友善，我覺得很開心。」

「那就好。以後會很辛苦，我們一起加油吧。」

雄一和美園都開心地笑著回答香的問題。香聽完他們的答案轉頭看我，心滿意足地點了點頭。我也點頭回應她。學弟妹能開開心心就是學長姊最大的福氣。去年的學長姊也是這樣嗎？

後來我們說了許多關於文執的話題，說著說著，便開始聊起誰和誰正在交往。聊的人主要是香和雄一，所以大家的第二塊大阪燒由我幫忙顧。

「什麼！香學姊，妳和仁學長在交往嗎？」

「對啊～」

如果連雄一都不知道，那這件事真的沒幾個人知道。以前和雄一一樣驚訝的美園就這麼開心地笑著觀望他。

「好好喔～我好羨慕仁學長喔。」

「哦，雄一你很棒耶。這個個性不錯喔。」

「你羨慕他哪裡啊？」

「別看我這樣，其實我是想被管得死死的人。」

「啊～」

我還以為香是雄一喜歡的類型才開口詢問，沒想到他給了一個很有趣的回答。

「給我慢著！我可是會主動付出的人耶！」

「學姊少來了～」

香心寒地表示自己並非那樣，結果雄一卻完全當成笑話看待。看到平常不可靠的仁和個性大姊大的香，會有這種感想也無可厚非。可是——

「我也覺得香學姊是會主動付出的人。」

美園竟意外地幫香說話。也是啦，美園在吃燒肉時看過香照顧仁，而且她們相處的時間也比雄一久，所以她或許是真的了解香。

「美園真是個好孩子耶～」

「哇！」

香伸出右手撫摸美園的頭。只見美園嚇一跳，下一秒卻一副很癢的模樣。好羨慕。

「牧牧學長，你怎麼啦？」

雄一不解地看著我，看來我似乎稍微表現在臉上了。

「沒有，沒事。還有我姑且說一下，你可能覺得很意外，不過香是真的會主動付出的人喔。」

「真的假的？」

「我好像有聽到『姑且』、『意外』之類的欠打發言，但你懂就好。」

其實她付出和管人都是事實，不過要是說出來，事情會變得很麻煩，我就不說了。

「唉，就算這樣，還是好羨慕……牧牧學長，你不會說你也有女朋友吧？」

當我替大阪燒翻面時，雄一便眼巴巴地看著我。

「你覺得我有嗎？」

「不覺得！可是剛才我覺得好像有鬼。」

「有什麼鬼啦。『剛才』這個詞也是。」

「沒有啦……」

我搞不懂他意有所指什麼，所以開口發問，結果他不知道為什麼錯開看著我的視線，看向左邊的美園。美園看到有人看著自己，一臉尷尬。這時香對雄一使了個眼神，不懷好意地笑著綜觀一切。

「呃……」

美園跟我對視後，伸手拿起桌上的紙杯——

「啊！那是我的！」

香的杯子裡還有啤酒。

「快吐出來。」

我急忙來到美園身邊把紙杯遞給她，但她一個勁地搖頭，淚眼汪汪地把嘴裡的啤酒喝下肚。

「妳還好嗎？來。喝水。」

我首先拿香買來兌酒的水給她喝，不過她只喝一口啤酒，現在看起來沒任何問題。

「謝謝學長。不好意思，給你添麻煩了。」

「沒關係啦。別在意。」

「我也要跟香學姊道歉，居然隨便喝妳的酒。」

「我一點也不在意啦。別管這個，妳還好嗎？」

「是，我沒事。謝謝學姊。」

美園說過她不會喝酒，但看起來也不是完全不能喝。不會演變成緊急事態，真的放心不少。幸好香喝的酒度數不是很高。

「先別管我了，學長要是不顧著大阪燒，會烤焦喔。」

「好。不過如果很不舒服，要馬上說喔。」

「好，謝謝學長這麼費心。」

美園垂下眉毛放鬆臉部肌肉，看起來跟平常一樣。即使如此，還是再觀察一下比較保險。我對香使了個眼色，她似乎也有同樣的想法，認真地輕輕點頭。

不過美園之後雖然臉有點紅，卻也沒有特別怪異之處，從頭到尾都掛著笑臉。

所有人吃完第二塊大阪燒後，休息一會兒便開始收拾電烤盤。我將鐵板放在流理台泡水，並將底座收進櫃子裡，這時正好看到冰箱。現在正是吃甜點的時候。

「美園，差不多——」

「噓！」

我回到房間，只見香把食指放在臉前，並用眼神示意美園。我定睛一看，發現她正迷迷糊糊地輕晃著腦袋。現在時間還不到九點，離大學生想睡覺的時間還很早。是因為剛才不小心喝了啤酒的關係吧。

「你不用這麼擔心，不會有事啦。她一直到剛才都很正常，臉色也不差，總之先讓她睡吧。」

睡在哪？連問都不用問。我的房間裡沒有沙發，又不能讓美園睡在地板上。

「我想按照牧牧你的個性，應該不用擔心，不過被子還乾淨嗎？」

「昨天才剛曬過，應該……」

應該是乾淨的。我也希望如此。

「那抱她過去吧。牧牧，上半身交給你。」

香翻開床上的被子對我做出指示。正確地說，應該是替我下達指令。如果只有我一個人，想必會猶豫要不要碰她，結果把人留在原地。

「了解。」

這是我第一次碰觸美園纖細的身體，不只纖細而且柔軟，我只能死命逼自己不要想太多。

「我還以為她會在移動的時候醒來，看這個樣子搞不好會睡到早上呢。」

「只要她身體沒問題，睡到早上也沒差啦。」

至少她看起來並不難受。明白這點之後，我放下心，這才瞬間意識到她那張可愛的睡臉。如果要維持這副模樣到早上——

「牧牧，你的表情很猥瑣。」

「怎麼可能啦。」

「不，學長真的有。」

絕對沒有。我才不可能對睡著的美園有什麼下流的想法。醒著的時候當然也沒有。

「牧牧？」

「夠了，別說了。你們等我一下。」

要是不快點改變話題，我絕對會持續被這兩個邪笑的人揶揄到死，所以決定搬出甜點蒙混過關。

「這是什麼？」

「美園做的布丁。」

「可是學長，我們可以自己吃掉嗎？」

「其實當事人在場最好，但她說不定不會醒來。我們吃掉她也會很高興吧。」

「嗯，也對啦。」

事情就是這樣，我們決定享用布丁——

「這個好好吃喔！」

「好讚。」

「真的好好吃。」

我已經好幾年沒吃過蛋糕店賣的布丁，所以只能拿超商賣的和去年自己做的布丁來比較，美園做的布丁甜度適中，口感滑嫩，比上述兩種都要好吃。對甜點幾乎外行的我也吃得出來，美園的手藝非常好。

「長得這麼可愛還會下廚，真是棒呆了。」

「你剛才不是說想被人管得死死的嗎？」

「這兩件事情不一樣，不能比嘛。」

「雄一，你想追美園嗎？」

「沒有啊。剛開始同組是覺得很幸運，但現在不會不知天高地厚地想把她變成女朋友了。」

「什麼不知天高地厚……」

「因為……嗯？香學姊，怎麼了嗎？」

雄一的話還沒說完，香便從旁對他招手，他因此移動到香的身旁，兩人就這麼說起悄悄話。只見雄一豎起大拇指，香則是大大地點了點頭。我完全搞不懂他們之間說了什麼，而且香在這種時候往往不會透露半分。

「好了，牧牧，我們要走了。」

「今天謝謝學長招待。」

我本來還覺得他們走得可真突然，不過既然美園已經半路離席，在這個時機解散這場迎新兼同樂會，其實並不突兀。

「哪裡，彼此彼此。若不嫌棄，下次再來玩。」

「也對。我會趁可以自由過來的時候再來玩。」

「嗯？」

我聽不懂雄一這句話的意思，因此開口反問，但雄一被香打了之後就不再說話，我沒能得到答案。

「謝謝你讓我們來家裡玩。美園就拜託你照顧了。再見。」

「學長再見——」

「再見了。」

我目送不知為何一臉邪笑的他們離開後，家裡自然只剩下我和睡夢中的美園。她的睡臉和剛才一樣可愛。唯一有變化的是沒有其他人的安靜房間裡，出現一絲細微的呼吸聲。這讓我深切感受到自己喜歡的女孩就睡在房裡，於是我甩甩頭離開房間，來到盥洗室洗把臉冷靜。當我覺得自己稍微冷靜下來之後，想起接下來還有一件事情必須思考。那就是我要睡哪裡？不用說，床鋪絕對不行，因此下一個地點就是地板，但我實在不覺得自己和她共處一室還睡得著。

「不然就是這裡了。」

我用刪去法，最後得到的結論是浴缸裡。只要多放幾個靠枕，感覺應該睡得著。所以我把房裡的靠枕拿來，只點亮夜燈然後關門。要是看到美園的睡臉，恐怕會睡不著，所以我拚命忍著不看。

「美園，晚安。」

我簡單把碗盤洗乾淨後，走進堆滿靠枕的浴缸，多少有些擁擠，不過應該意外地睡得著。

◇◇◇

我感覺到身體在晃動，因此醒過來。下一秒鼻子便聞到一股甘甜的清香，耳朵則是聽見溫柔的聲音。

「牧村學長，請快起來，會感冒喔。」

因為這道聲音，我一口氣清醒過來，整個人跳起來，但——

「好痛！」

「呀！」

因為身體一直處在怪異的姿勢，一股鈍痛傳遍全身讓我無法順利起身。我確認自己的狀態，這才發現我的姿勢和昨晚幾乎一樣，就這麼一路睡到早上。我的身體實在很痛，所以只能轉頭面向聲音的主人，只見美園就跪在浴缸旁看著我。她的頭髮有點亂。是剛起床嗎？

「給學長添麻煩了，真的很不好意思！」

我和美園四目相對後，她在我開口前便以驚人的氣勢低頭道歉，要是這裡有多餘的空間，她八成會五體投地道歉。

「沒關係，妳不必放在心上啦。反正布丁很好吃，就算扯平了。」

我伸展身體試著緩解僵硬的肌肉，並努力對她輕聲細語。

「美園，早啊。」

按照美園的個性，只要我先打招呼，她一定會看著我回禮。

「……牧村學長，早安。」

她畏畏縮縮地抬起頭，儘管一臉愧疚，還是如我所想看著我的臉打了招呼。

「話說回來，現在幾點？」

「六點二十分。」

「睡得挺久耶。」

我就寢的時間大概晚上十點左右。我一邊回想一邊伸懶腰，身體終於成功放鬆。

「我先刮鬍子，再送妳回家。」

我站起來，美園也跟著起身，並伸手攙扶我。

「反正外面天色很亮，我可以一個人回去。不能再繼續給學長添麻煩——」

「一點都不麻煩啦。我說過別客氣了吧？」

我有些難為情，但還是亮出小指提及那個約定。美園本來還很愧疚，看到我的小指後，有些害羞地點了點頭。

「那就——」

「正因為如此。一個人回去是我的任性。牧村學長，你今天下午要打工吧？是我害學長不能睡床，你肯送我回家，我當然很高興，但我希望學長現在讓身體好好休息。」

美園的表情還留有些許愧疚，不過我聽得出來這一席話蘊含堅定的意志。她確實顧慮到我，然而一旦她說這是她的任性，我也不好否定。反而應該順著她的意才對。

「都給學長添麻煩了，還這麼任性，真是不好意思。改天我再向學長賠罪，今天就先告辭了。」

「好吧。回去路上小心啊。」

「好的，謝謝學長。」

美園俐落地行一個禮，然後帶著她的東西，直接離開我家。

「其實也不用跟我賠罪啊。」

想起美園剛才那副中規中矩的模樣，我忍不住輕笑，但讓她賠罪也比較能接受吧。那就讓她隨便請我吃頓學餐之類的吧。

「睡覺吧。」

反正美園要我讓身體好好休息，我也應該聽話。睡眠是很充足，但身體還有點痛，所以更該休息。今天的打工也是從下午兩點開始，早上應該可以睡個天荒地老。才剛這麼想——

「睡不著！」

並不是因為我的睡眠很充足。而是因為自己的床上有一股很香的氣味，雖然沒有餘溫，美園直到剛才都睡在這裡的印象卻因此強烈地烙印在腦海，根本睡不著。

不過幸好我在這樣的折磨中反覆翻身，回過神來，身體的痛楚幾乎完全消退。

◇◇◇

隔週的星期二，美園聯絡我，說她在文執的全體會議前有話想跟我說，所以我們約好下午四點在一餐見面。星期二的下午要做實驗，我不知道課程結束的確切時間。於是告訴她可能會遲到，但美園表示她的課只到第三節，所以會等我。她的這則訊息並沒有附加貼圖。

幸好實驗在下午三點五十分結束，而且也全部收拾完畢。從被拿來當成實驗棟使用的理學院D棟前往一餐，不用五分鐘就能到達。

不會遲到我就放心了，便傳一則『馬上過去喔。』的訊息給美園，然後離開實驗棟。當我用跑的抵達目的地時，美園傳了一則回覆，說她在靠近中央的靠窗座位。

「久等了。」

「牧村學長，你好。不好意思把你叫出來。」

美園如同她傳來的訊息，坐在學餐中央附近的靠窗座位，我一出聲，她就站起來迎接。看她這樣，坐在附近的男人們都一臉遺憾。他們大概想看準時機上前搭訕吧，我打從心底慶幸自己在他們搭訕前抵達。

「別再跟我道歉了喔。」

我們雙方就坐後，我搶在美園開口前先牽制她。我認為她想說的話，應該是對前幾天發生的事道歉。但要是猜錯了，肯定會相當丟臉。

「……既然這樣，能請學長收下我的賠禮嗎？」

美園原本稍稍嘟起嘴巴，卻瞬間換成笑眯眯的表情說道。

「有什麼不一樣嗎？」

「具體來說，是這樣。」

美園說完便從放著教科書的大包包中，取出一份B5尺寸的物品交給我。從上頭的包裝紙判斷，應該是和菓子類的東西。她的意思是不口頭道歉而是賠禮嗎？雖然我不太懂道歉跟賠禮到底差在哪裡就是了。

「可以請學長收下嗎？」

美園將東西推到坐在桌子對面的我面前，因為身高差距，她提起視線仰望著我。自己實在無法抵抗她這樣的眼神，但依舊提出一個條件。

「如果妳肯現在跟我一起吃，我就收下。」

我原本想讓她請吃學餐的東西，只要能消除她心裡的罪惡感就行。就某種意義來說這也算是順水推舟──屏除和菓子價錢很貴這點。

「好吧。總覺得學長會這麼說。」

美園一邊苦笑一邊點頭，我也笑著收下眼前的包裹。

「這個真好吃呢。」

「學長喜歡就好。」

她給我的包裹裡，裝著用精緻包裝袋各別包裝的一口羊羹。甜度內斂，對我來說剛剛好。

「牧村學長，你喜歡不會太甜的東西對吧。我記下來了。」

我有傳訊息把自己對布丁的感想告訴她，應該是兩相比較後做出的判斷，事實上她說得也對。看著美園笑得開心的模樣，讓我期待以後還有沒有機會吃到她做的布丁。

「對了，牧村學長。」

當我吃下第二個羊羹時，美園有些認真地拋出另一個話題。

「關於我們下次吃飯的行程，是不是該決定了？」

「也對。」

她雖然沒有提及，但站在她的角度一定會想由自己挑選餐廳，好當成這次失態的賠禮。她想必不會選便宜的餐廳吧。

「對了！」

「學長知道哪裡有好吃的餐廳嗎？」

「做菜給我吃吧。我想吃美園做的料理。」

我覺得這是個絕妙的好主意。如果是兩人份的料理，金錢負擔應該不會太重。儘管會因此增加美園的負擔，畢竟是我拜託她的，也能有賠罪的感覺。而且美園說過她喜歡做菜，考慮到她上次做的布丁，她的手藝肯定非常好。更重要的是我想吃她做的料理。

「呃……這樣好嗎？可以去更講究的餐廳——」

「我想吃妳做的料理。」

「可是……」

「我想吃。」

這是我自己提出的要求，不過說真的，我已經不在乎金錢方面的問題，內心早就被「想吃」的意念占滿。

「這……既然學長這麼堅持，好吧。我會努力。」

美園敗給我的堅持，頂著有點紅的臉低頭答應我的要求。

「這個星期六學長方便嗎？我會先整理好家裡。」

「好啊。文化祭要做的事應該會跟上次差不多時間結束，這樣正好。」

六月中要做的事剩下增設宣傳看板，以及替暑假後做準備，其實沒有很多。

「學長有什麼想吃的嗎？」

「這個嘛……」

畢竟是剛才突發奇想，一時之間想不到要吃什麼，不過還有一個原因是我想吃美園擅長的料理。

「美園比較擅長日式料理還是西式？」

「硬要說的話，應該是西式吧。」

「那就吃西式。菜單可以交給妳決定嗎？」

「可以交給我決定嗎？」

「嗯。難得要吃妳做的菜，我想交給妳決定。」

「好的。那麼既然牧村學長比較喜歡吃肉，就以肉料理為主來規劃。」

經她這麼說，我才想起她之前問過主菜大多選擇肉還是魚。

「原來妳都記得啊。」

「當然記得。」

美園笑著這麼說道，那副模樣顯得很自豪。

「另外關於其他菜色，我想機會難得，當天要不要一起邊買東西邊決定？」

「嗯，就這麼辦吧。」

就算我再隨性，也該適可而止吧。不過從美園可以接受當天突然決定菜色來看，可以知道她對料理很有自信。我從現在開始就期待著當天早點到來了。

「這次吃飯也算是致歉，我會大展廚藝的。」

「謝謝妳。不過我之前也說過，妳完全不用放在心上。只不過在我家過夜，這沒什麼大不了。」

我笑著面對幹勁十足的美園，並隨口這麼一說。

「……『只不過在我家過夜，這沒什麼大不了』是嗎？就算對方是女性也一樣？」

我只是隨口一說，美園卻咬住這點不改。

「跟男人來過夜相比，次數是壓倒性的少啦，不過一日文化祭快開始，我們也會工作到很晚，而且這種事在文執中也不是什麼太過稀奇的事。」

「牧村學長你之前也有讓別人住在家裡嗎？」

「是去年的事了，香和大我一屆的學姊來住過。她們都是坐電車通學，那時候末班車已經走了。」

話雖如此，女孩子基本上當然會去女孩子家住。她們之所以住在我家，是因為一連串的巧合。

「這是在香學姊和仁學長交往之前的事嗎？」

美園稍微低著頭，以平淡的聲音這麼問道。

「那是文化祭之前的事，所以的確還沒交往。不過妳為什麼要問——」

「我看，我們還是在牧村學長你家吃飯吧。」

美園突然抬起頭，正面看著我的眼睛說道。她的表情很認真，一看就知道不是在開玩笑。

「什麼？可是還有廚具的問題，去妳那邊比較好吧？」

「學長不用擔心廚具的問題。而且這頓飯也是為了向學長道歉，所以理應由我登門拜訪。剛才是我失禮了。」

其實她不用在意這方面的事，不過如果她想這麼做，那就這樣吧。

「好吧。就改來我家。」

「謝謝學長。當天請你好好期待喔。」

「好。我會抱著滿心的期待啦。」

我的這份心思不假。自己面前的美園看起來很開心，不過她一定不知道，我遠比她還要期待當天的到來。

◇◇◇

日子來到引頸期盼的約定當天，做完文執的工作，美園對著落單的我叫了一聲「牧村學長」。今天一直沒有機會和她說話，不過我從早上就一直等著她的聲音。

「今天麻煩學長關照了。」

這名學妹以柔和的笑容面對回過頭的我，然後彬彬有禮地低頭致意。

「這應該是我要說的話。我一直很期待今天的晚餐喔。」

「我也非常期待。我會努力達成學長的期待。」

美園靦腆地笑著，並握緊雙拳放在胸前。真是個可愛的打氣動作。接著她吸了一口氣，隨著一聲「那麼……」一改剛才的表情。

「我還想準備明天的早餐，所以要是學長方便，可以讓我留宿學長家嗎？」

「咦？是沒什麼不方便……可是這是什麼意思？」

「就是字面上的意思呀。」

我策動幾乎停擺的思緒，勉強開口反問，但我當然不是聽不懂她在說什麼。美園一定也明白我的心思，卻歪著頭晃動深棕色的髮絲。

「我會先洗好澡再過去，請學長不用擔心。我會在下午四點帶著行李去學長家，之後再一起出去採買食材吧。我還需要準備，請恕我先失陪。」

「啊……喂，美園。」

美園說完想說的話後就先走了。剛才的她給人的感覺跟平時很不一樣。她今天穿著便於行動的作業用服裝，但我說的不是這種外表上的感覺，而是她透露出比平常更強烈的意志。

美園要住下來，如果問我高不高興，當然很高興。而且是非常高興。一起相處的時間增加，自然讓人高興，這也是她信賴我的證明，我不可能不會高興。

不過說是這麼說，這玩笑也開太大了吧？我和美園相識也才一個半月。我是覺得她待我很好，對我的顧慮也是愈來愈少，但無論如何，這個尺度也太大。再說了，我們兩個住的地方徒步就能抵達，她實在沒有住下來的理由。反正吃完晚餐後，只要送她回去就好了。這沒什麼。

◇◇◇

快到我們約好的時間了。即使明知那是玩笑，「過夜」這個詞也隨著時間逼近讓我愈來愈在意，整個人心神不寧。打開窗戶換氣，正好看見與大學反方向的十字路口，有個遠遠也看得出相貌非常可愛的女孩子走來。而且還拉著一個水藍色的大行李箱。

「她該不會是認真的吧？」

我的思緒瞬間差點飛走，卻馬上冷靜下來，衝出家門。當我走下公寓的樓梯，美園也幾乎同時抵達。

「牧村學長，你好。」

「妳好啊，美園。先把那個給我吧。」

美園瞥了一眼我後方的公寓階梯，然後開心地笑了。

「謝謝學長。那我就恭敬不如從命囉。」

「這點小事交給我吧。」

「我出門下樓梯的時候還好，本來還在想上樓的時候該怎麼辦，學長幫了大忙。」

「妳不用客氣，叫我幫忙就對了。」

「下次我會這麼做。」

美園說完呵呵笑著把行李交給我，沒想到還挺重的，但我也有身為男人的面子，以一副「這個沒什麼」的模樣，單手將行李搬上樓梯。結果使得左手的握力大幅降低。

「妳真的想住下來嗎？」

「我不是說過嗎？也已經洗好澡了耶。」

關於這點，我的嗅覺從剛才開始就不斷提醒我。見美園一臉微笑，我一句話都說不出口。為什麼？又不是回不去的距離。腦中明明浮現了這樣的話語啊。我想自己大概是不想說出口吧。

「行李放進去之後，要直接去採買嗎？還是要先休息一下？」

「可能會花上一段時間，所以可以的話，我想馬上出去採買。啊，我可以再借一下冰箱嗎？」

「好啊，請用。」

我一邊說話一邊開門，接著請美園入內，我也把行李拿到裡面的房間，這時美園將一盒白色的盒子放進冰箱內。從上次的布丁來判斷，應該是她準備的甜點吧。

「這樣又多一個樂趣了。」

「請學長不要太過期待喔。」

美園輕輕關閉冰箱的門，垂下眉毛，笑得有些靦腆。她謙虛歸謙虛，還是有聽懂我在誇獎她，因此一臉開心。

「這個要求有點強人所難啊。」

「討厭。」

美園傷腦筋地笑道，看起來還是很高興。聽到我說「反正我很期待」，她也溫柔地瞇起眼睛回應「謝謝學長」。

從我家到超市走路只要五分鐘。我一到超市就去拿購物籃與推車，美園見狀，開心地展顏。

「啊，牧村學長，謝謝你。」

「我是負責吃飯的人嘛，這點小事沒什麼。對了，妳說除了主菜，其他菜色要當場決定對吧？」

「是啊。今天的主菜是燉牛肉，我打算再做沙拉、魚料理和飯。之前學長說沒有討厭吃的東西，那有喜歡吃的嗎？」

「嗯……」

經她這麼一問，我才開始思考自己喜歡什麼。

「是什麼啊？現在這樣一想，還真想不出來耶。如果是問我肉跟魚，倒是知道自己比較喜歡吃肉。」

「那麼……」

美園原本有些訝異，不過馬上換了一張表情，開心地笑道：

「接下來由我負責尋找吧。」

「……請妳手下留情。」

我想美園並沒有深意，卻讓我期待未來也有今天這樣的機會。

「好的。那今天的菜單可以先讓我來決定嗎？」

「麻煩妳了。」

結果還是變成這樣，儘管我面帶苦笑，還是同意了她的提議。

剛才的問題只是想鎖定我的喜好，她恐怕打從一開始就想好菜色了。美園毫不猶豫地逐一將東西放進購物籃中。除了紅蘿蔔、洋蔥、馬鈴薯、牛肉等燉菜的材料，還有小番茄、鮭魚、起司等東西。我完全看不出來她要做些什麼，但總覺得現在多嘴很破壞情調。

美園可以一邊選食材一邊跟我對話，不過看她這麼認真挑選，我也不好跟她說話，

嗯——……

只好看著四周。不愧是星期六的傍晚，來買晚餐的人很多。這裡是學生公寓很多的地區，但也不代表完全沒有一般家庭，我看到好幾組應該是夫妻的客人。

旁人是怎麼看待我們呢？我的腦海裡浮現這道疑問。一對大學男女。先不說看起來當然不像夫妻，但看起來像一對情侶嗎？一想到這裡，我甩甩頭想甩開失禮的想像。

「牧村學長，你怎麼了嗎？」

「沒有，我沒事。抱歉，再來要去哪裡？」

「這樣啊。調味料有我帶來的就夠了，所以不用再買。」

「那去結帳吧。」

「由我來付錢喔。」

「我這麼沒信用啊？」

美園就像叮囑小孩子一樣，我聞言對她聳聳肩，結果她卻鬧彆扭地說：「因為學長有前科。」雖然是約好的事，讓學弟妹付錢還是讓我有些過意不去，不過應該跟自己料想的金額差不多才對。如果美園能因為這樣消除欠我人情債的想法，我的面子根本不重要。

「那麼美園小姐，我就承蒙您款待了。」

「討厭。」

我有些誇張地拜託美園結帳，結果她心口不一地瞇起眼睛，溫柔地笑了。

然而回家後，我這才發現自己太天真。

「我被騙了！」

當我把買來的食材放在廚房時，美園也從自己的行李箱中拿出調味料之類的東西。

我看到那些東西後，說出這樣的感想。

「學長怎麼了？」

美園不解地歪著頭，她的手裡拿著一瓶紅酒。看貼在瓶身的標籤，那並不是用在料理上的便宜貨。

「那是很貴的酒吧？既然是用來做菜，買便宜的酒就好了吧？」

「我後來選了跟料理很搭的酒。學長放心，這不是多貴的酒。」

美園說完，面帶微笑地稍微拿高酒瓶給我看。有鑒於她以前選擇的餐廳價位，這句話毫無信用可言。晚一點來查查看吧。

「那我這就開始料理。請牧村學長做自己喜歡的事，等我一下吧。」

美園從行李箱中拿出圍裙和髮圈準備，我跟上次一樣看著她，結果又與鏡中的她四目相交。不是我學不乖，而是美園的魅力大過一切，可說是不可抗力。

「妳變得很會綁頭髮耶。」

等我綁得好的時候——我想起這句話，因此對她開口，只見鏡中的她露出羞澀的表情，輕撫自己綁好的頭髮。

「我綁得還可愛嗎？」

「嗯。我覺得不錯。」

「那就好。」

我說出一句低調的感想，美園這才鬆一口氣，透過鏡子對我微笑。

「我借一下學長的廚具喔。」

「好。還有，我之前也說過，妳需要什麼調味料還是米都隨便用。」

「好的，謝謝學長。我想七點左右就會完成。」

「我會期待的。」

「好的。我也會加油。」

美園在水藍色圍裙的胸前，內斂地握緊雙拳表示她的幹勁。這副模樣實在很可愛，讓人放鬆臉部肌肉，會心一笑。

美園說我可以做自己喜歡的事等她，但說實話，我實在沒什麼事能做。正確地說，不管做什麼都靜不下來。「咚咚咚」地發出舒心旋律的切菜聲、用奶油炒洋蔥的香氣，還有美園正在做這些事的事實，都會削弱我的專注力。

我現在看著書，但是沒有翻頁，並不時若無其事地望向美園的背影。綁起來的頭髮和因此露出的後頸，還有從進入六月後變成短袖的連身洋裝中露出的手臂，這些都吸引我的視線，罪惡感也同時扎著我的心。然而就算硬逼自己別開視線，眼珠子又會不知不覺失控。

「要不要乾脆坐禪算了……？」

我看看時鐘，發現距離預定時間還有一個小時三十分鐘之久。

「不好意思，讓學長久等了。」

餐點上桌是在晚上七點後不久。待會兒才要嘗味道，不過香氣已經告訴我——這些東西一定很好吃。

「根本沒有等多久啦。因為我很期待，時間過得很快。」

我這麼說著，想讓面帶愧疚的美園放心，不過最後那句話是滔天大謊。我很期待是毋庸置疑的事實，但覺得這段時間非常冗長。美園聽我這麼說，靦腆地笑了，自己則是在心中為這句謊言道歉。

「這是薄切生鮭，這個是在小番茄中間夾起司……我好像看過這個，是什麼啊？」

「是卡布里沙拉。照理來說，應該要用普通的番茄切片做成，但我比較重視入口的方便性，於是選擇小番茄。」

「對，是卡布里沙拉。這樣看起來也很可愛，我覺得很棒。」

切開小番茄後，把起司和羅勒夾入其中，做成一口大小的卡布里沙拉，再用橄欖油和黑胡椒妝點，擺成精緻的樣式。如果用好一點的盤子擺，說這個是店裡賣的也沒人會懷疑吧。用羅勒青醬點綴的薄切生鮭、燉牛肉這道主菜，還有充滿奶油香氣的香料飯全都很有格調，只有盤子相形見絀。我不知道以後還有沒有機會，但還是買些配得起這些料理的盤子吧。

「我可以趁熱吃嗎？」

「好的，請務必享用。」

當所有料理端上桌，我這麼詢問把綁好的頭髮恢復原狀的美園。見我表現出想品嘗的意願，美園笑容滿面地回答我。

我們喊「開動」的聲音完美重疊在一起，有些難為情地相視而笑，接著我把卡布里沙拉放進嘴裡。

「真好吃。」

我不是刻意想告訴她，而是自然而然發出這樣的聲音，不過坐在正面的美園聽見，便鬆了一口氣。她到現在都還沒動筷。我本來想再吃一個配得恰到好處的卡布里沙拉，但還是把筷子伸向薄切生鮭。

「這個也很好吃。」

我也接連品嘗燉牛肉和香料飯，雖然評語都是一成不變的「好吃」，這次卻滿懷著心意說出口。

「真的很好吃，妳不用擔心。」

「學長喜歡吃，真的是太好了。」

美園打從心底鬆了口氣後，總算露出笑容。

「妳有試吃味道吧？」

「有是有，但畢竟要給別人吃，還是很緊張。而且是牧村學長要吃啊。」

「我也不是很挑的人……我這麼說，做飯的人是不是沒有成就感？」

只見美園溫柔地瞇起眼睛，輕輕左右搖頭。

「不會。非常有成就感喔。」

「那真是我的榮幸。」

能聽到她這麼說，開心得不得了。我也勸美園趕快開動，以便遮掩害羞，同時自己也大啖美食。機會難得，我想跟她多聊幾句，但筷子實在停不下來。或許也因為這樣，坐在對面的美園始終一臉開心的模樣。

「我把剩下的冰在冰箱裡喔。」

「幫了大忙，謝謝妳。」

我自認為已經吃得比平常晚餐還多，但菜還是有剩。明天還能再吃到這些，實在太開心了。

「那麼最後就上甜點喔。」

「謝謝妳。」

美園從冰在冰箱裡的盒子中，拿出起司蛋糕。她用刀切塊，甚至自己準備了盤子和叉子，真的是無微不至。她說了聲「請用」便把起司蛋糕遞給我。我對蛋糕有很高的期待，心想一定很好吃，也知道它會超出期待的預感一定沒有錯。

我看了看桌上，發現能喝的只有水。也有我剛才喝了一口的紅酒，但又不能讓美園喝這個。

「我家只有咖啡，可以嗎？」

「我來泡吧。」

美園制止想起身的我，回到廚房然後馬上拿著兩個杯子回來。她幾乎都準備好了。真的是太過無微不至，讓我懷疑這裡究竟是不是自己家。

美園說了聲「請用」後，我把手伸向靜靜放在桌上的杯子，並向她道謝，她也開心地笑了。

「真好吃。不會太甜，這應該說濃郁嗎？感覺跟紅酒也很搭。」

「我看牧村學長喜歡不會太甜的東西，所以調整過比例。要幫學長倒酒嗎？」

「難得有這個機會，但我吃飯的時候喝過，現在先不用。要是喝醉也傷腦筋。」

「我也會把紅酒留下來，學長若是不嫌棄，請搭配看看。」

「這瓶酒要很多錢吧？再怎麼樣我也不能收啦。」

經過我的調查，那是一瓶要價兩千圓的紅酒。雖然不是上萬圓的高級貨，以大學生的水準來說，已經能算高價了。

「反正我也不能喝啊。」

美園苦笑著這麼說道，但她說得也沒錯。美園喝一口啤酒都能睡著，實在不能讓她喝紅酒。

「那我就心懷感激收下吧。」

「好。學長之後要跟我說說搭配紅酒的感想喔。」

我應了聲「好」答應她，並想著「這下得給她回禮了」，內心雀躍不已。

「對了，這個起司蛋糕……妳做布丁過來時，我就在想妳是什麼時候做的啊？做完文執的事之後再做這個，很辛苦吧？」

「這是今早做的。我在執行委員會的活動之前，跟多蜜醬汁一起先做好的。」

「如果是這樣，妳是不是很早就起床了？」

「沒、沒有，沒有很早起喔。是正常的時間起床。」

她真的不會說謊。眼神游移太明顯了。話雖如此，直接說破也太不解風情。

「這樣啊。謝謝妳，每一樣都非常好吃喔。」

我能做的，也只有把感想如實告訴她。明明只能做到如此微不足道的事，她卻回給我一抹如此耀眼的笑容，這是何等的幸福啊。

餐後，因為美園堅持由她收拾，我於是半強制性出手幫忙。廚房很小，所以頂多只能做擦乾餐具或整理之類的工作，但反正坐著也閒閒沒事，更重要的是我想幫忙。再更精確地說，自己甚至想一個人包辦這些工作。

「今天謝謝妳了。晚一點我送妳回去。」

時間剛過晚上九點。我再次感謝美園，結果她以「你在說什麼？」的表情看著我。

「……妳真的想住下來？」

「不可以嗎？」

她用對我有必殺效果的仰望視線問道。

「學長不是說過這沒什麼大不了嗎？而且香學姊和別的學姊都住過吧？只有我不能住嗎？」

她說得一點也沒錯。香她們是因為沒有其他辦法，但我記得自己當時對她們住下來一事，並未有太多牴觸。即使對方是女孩子，讓她們住在我家也沒什麼大不了。至少在文執當中是這樣。只不過一想到要讓美園住下，對我來說就是一件大事。

即使如此，自己還是想繼續和她在一起，我無法對這份心情說謊。

「……好啦。」

「我有帶自己的被子來，請不用擔心。」

聽到我首肯了，美園開心地笑著，並打開水藍色的行李箱，從中取出同樣是水藍色的毛毯。總覺得那個行李箱很大，原來是因為這個啊。

「可是床墊怎麼辦啊……」

「我把自己捲起來就行了。啊，如果學長能借我靠枕就太好了。」

「妳睡床吧。我不會讓妳睡地板。假如不要，我就送妳回去喔？」

我這麼一說，美園以鬧彆扭的表情不知道在思考什麼。

「我之前也說過，妳不用覺得會給我添麻煩。今天吃妳煮的菜讓我覺得非常滿足，妳只要想成是我的回禮就好。」

「請讓我思考一下。這段時間，學長要不要先去洗澡？」

她一定不知道根據我如何解讀這句話，情況可能很不妙，我在內心苦笑，並點頭回應。我拿著替換的運動服、內衣褲和毛巾，開玩笑地說聲「可別偷看喔」，只見美園小聲低喃「討厭」，臉頰都紅了。

「妳隨意使用吧。也可以看電影。」

她的反應讓我感到有些害羞，因此我把筆記型電腦從書桌拿到客廳桌上，打開影音串流網站後交給她。還順便打開電腦桌面上的資料夾。

「還有這個。裡面有去年文執的照片。」

順帶一提，裡面幾乎沒有我的照片。因為我不怎麼顯眼。

「我可以看嗎？謝謝學長。」

美園雙眼發亮，我聽著她興奮的聲音背對她揮手示意，然後關上房間的門。我用比平常還低的水溫沖澡。但臉還是很燙。

我花了比平常更多的時間洗澡，換好衣服後打開房門，發現房間內很安靜。

電腦上正好顯示著去年我、阿實與渡久一起拍的照片。美園面對這個畫面，背靠著床睡著了。她自己雖然否認，不過因為早起再加上做事累積的疲勞，讓她無法反抗睡意吧。要是感冒就不好了，我打算先叫醒她請她上床睡覺，因此來到她身旁蹲下，沒想到我的視線卻無法從她的睡臉挪開。

這是我第一次這麼近、這麼仔細看她。我自認知道她的容貌非常端正。儘管又大又可愛的眼眸被藏在眼瞼下，她的睡臉卻彷彿漾著一絲絲微笑，是那麼靜謐、溫柔，又毫無防備。

我的心頭浮現想碰觸她的念頭。而自己想必是在腦袋理解這樣的感情之前，手就先動了。等回過神來，我的右手已經來到美園的臉旁，於是急忙收回自己的手。我想碰觸她。但想當然耳，這是不能做的事。我們又沒有在交往，也未經本人許可，更別說她現在已經睡著。就連我現在望著她的睡臉，也是一件不應該的事。

所以我必須快點把她叫醒。然而，自己卻花了點時間才付諸行動。

「不好意思，我睡著了。」

「不會，沒關係。妳也累了，別在意。」

「謝謝學長。話說回來，牧村學長……」

我不知道美園現在是什麼樣的表情，不過從她的聲音聽出疑惑的感覺。

「你為什麼要在那種地方呢？」

「妳別介意。」

我待在房間角落開口，美園聞言不解地說聲：「什麼？」不過她沒有繼續追問，而是充滿顧慮地說：「可是……」

「天氣雖然變暖了，不把頭髮吹乾會感冒喔。」

「說得對。啊，不是。抱歉，我要用吹風機了，會很吵喔。」

「好的，學長不用管我，請用。」

我之前就察覺自己喜歡上美園了。和她說話我覺得很幸福，也開始覺得一起相處的時間很珍貴。更好幾次因為她可愛的言行舉止讓心跳加速。

而今天，我知道了自己心中還有一股無法控制的感情。一直以為自己很理性，完全沒想到會做出那種事。因此我才無法注視直到剛才為止，還那麼想注視的美園的臉。甚至不知道該跟她聊些什麼。

現在時間是晚上十點。假設我們聊得再晚，也要在十二點就寢，那我必須再撐兩個小時。如果是平常，話題要多少有多少。若是跟美園聊更是如此，兩個小時一下子就會過去。然而現在，我有沒有辦法撐過去還很難說。既然如此，乾脆來看電影吧。既然必須看著筆電的螢幕，我們就會靠近到一定的程度，這感覺很像另類的精神修行，不過假如只是拖時間，卻是很優秀的——

「什麼鬼啦——」

我低喃的話語被吹風機的聲音蓋過，美園什麼都沒聽見。我感覺得出來，自己抓著吹風機握柄的右手用了點力。我從剛才開始在幹嘛啊？既是拖時間，又是精神修行。就算沒辦法大膽地把握機會行動，為什麼要捨棄和喜歡的女孩子相處的幸福時間？重要的是這對陪伴我的美園太失禮了。

從指尖的感覺來看，我的頭髮幾乎乾了。所以我先深呼吸，提醒自己保持平常心，然後關掉吹風機。

「抱歉，這麼吵。」

「不會不會。來打擾的人是我，請學長不要在意。」

我抱著決心，正面看著美園。然而面對那抹溫柔的微笑，自己微乎其微的平常心直接崩毀。

「……對了，妳決定好要怎麼睡嗎？」

其實在我心中，這件事已經有了定論。我不可能讓她睡地板，也不希望美園就這麼回家。

「我想過了，機會難得，我就遵從學長的好意吧。雖然這樣對學長不好意思，之後我會回禮的。」

「其實妳不用想這麼多啊。」

見她還是這麼一板一眼，我在內心發出苦笑，不過她的那句「回禮」卻提醒了我。

「我才是，妳今天煮東西給我吃，還拿了妳的紅酒，之後得回送點東西給妳呢。」

其實絕大部分是出自我的感謝，純粹想送回禮給她也是事實，不過有更多心思是出於想以此為藉口，製造和她相處的機會。

「我才要請學長別放在心上。畢竟這是之前的謝禮和前幾天的賠禮啊。」

「不不不，根本超過了啦。」

「不不不——」

到頭來，我們在謝禮、回禮這件事上無法取得共識。所以我假裝瀟灑，約下次吃飯的主意也因此觸礁。

美園對這方面的事，意外地不肯退讓。對一個人來說，這是優點，但對想盡辦法要製造下一次機會的我來說，卻是令人傷透腦筋的特質。

當我看著她，心想該怎麼辦才好時，她遮著嘴打了一個小巧可愛的呵欠。

「不好意思。」

害羞道歉的模樣也好可愛。

「妳今天好像很早起，差不多該睡了。」

雖然一起聊天的時間令人不捨，但也不想勉強為了我早起的美園。

「我還想跟學長多聊一會兒。」

「不然先進被窩，這樣不管什麼時候睡著都沒差。」

「進去被窩，我會馬上睡著耶。」

「妳果然很想睡嘛。」

「啊……」

想和我聊天——能聽到她這麼說，我就滿足了。美園以鬧彆扭的口氣這麼說，但不用聽她說什麼，都看得出來她很睏。我半開玩笑地點出這點，她才死心，失落地垂頭說道：「我先卸妝，然後換衣服。」

「好，等妳結束，我們聊到睡著吧。」

「好。」

美園回答後，從行李箱中拿出裝有替換衣物的袋子和化妝包，然後前往盥洗室。

我看著緊閉的門扉，思緒漸漸被「不知道她會穿什麼樣的衣服」的想法所支配。我不知道實際上是什麼，不過美園給人會穿連身睡衣的印象。但在這裡應該是不會穿啦。除此之外，無論是睡衣還是運動服，都是跟平常的美園形象不同的衣服。我絕對會心生期待。剛才還無法正眼看人家的煩惱就像假的一樣，我現在就是如此期待。

不過一直盯著人家看會不會很失禮啊？很失禮吧。畢竟人家都說要卸妝了。當我苦惱時，房門被打開，接著美園畏畏縮縮地走進來。

她穿著水藍色的連身睡衣。

「那個，這樣很難為情，請別一直看著我……」

「……啊，對不起。因為妳穿起來很好看，我忍不住……」

美園羞赧地雙頰發紅，我明知一直盯著人家很失禮，視線依舊被她的身姿奪走。

「而且我已經卸妝了……」

「真的很抱歉……」

人家都開口了，我的視線還是緊盯著她不放，到了第二句話才終於挪開視線。她說她卸妝了，但連卸妝都能這麼可愛，實在太犯規。

美園將袋子和化妝包放回行李箱後，本想直接快步往床鋪走來，但她發現電腦的配線就在腳邊。於是改變落腳的位置想避開配線，結果重心一個不穩。

「啊！」

我的致勝關鍵，在於視線依舊一直盯著人家。我站起身，直到成功攙扶發出輕微驚呼聲的美園為止，我的動作迅速到連自己都很訝異。

我的手扶穩她單薄的肩膀，穩住她的身體，美園就這麼剛好靠在我的胸膛。當我們的手指彼此交纏，還有當我抱著睡著的她上床那時，我都這麼想過——她的身體明明纖細到彷彿一用力就會壞掉，卻很神奇地如此柔軟。

「妳沒事吧？」

「…………不好意思，我沒事。」

美園停頓了一會兒都沒有反應，最後慌慌張張地抬起頭來看著我，然後慌慌張張地道歉。端正的容顏正慢慢升溫，她纖細的手指也緊緊揪著我的衣服。

我在抱住她之前，只想著千萬不能讓她受傷。但現在看到因害羞而臉紅的她、看到我的手掌抓著的肩膀、看到就靠在胸口的她，有別種思緒流入我的腦海。不知道她是否擦了什麼護膚用品，這股稍顯濃烈的甘甜香氣可不太好。

「……沒扭到腳吧？」

我分明想著要快點放開她的身體，話語卻搶先從嘴裡蹦出。

「……沒事。」

美園動了動自己的腳，點頭表示沒事。她就面對著我，我們在極近的距離下，注視著彼此。現在的距離比剛才更近，我連切割出水嫩雙眸邊緣的眼睫毛長度，都能看得一清二楚。

「……不好意思！」

美園首先打破現狀。有些恍惚的她突然回過神來，放開我後幾乎以最敬禮的角度像我鞠躬道歉。情況明明這麼窘迫，她的儀態還是很漂亮，真的很有一套。

「……不會，我才該道歉。我應該要注意到這點，把線拉到桌子下才對。」

學妹都一臉愧疚了，我總不能一直著迷地看著人家。而且這裡對美園來說是陌生的外人家，我應該更貼心一點。

「不，學長別這麼說。如果我有戴眼鏡，就不會勞煩到你了。」

「不不不，這不算勞……美園平常是戴隱形眼鏡？」

「咦？對。」

見我關心奇怪的地方，美園瞬間歪頭，然後若有似無地點點頭。

「是喔。」

我想起志保曾經說過，美園是趁上大學才改頭換面。

「我好想看看喔。」

「我是很想用來當賠禮，可是……太難為情了，不行。」

美園稍微思考了一下，最後還是垂下眉毛，視線向上提起，輕輕搖了搖頭。

「真可惜。不過妳不用想著要跟我賠罪啦。來，先照原訂計畫到床鋪就位吧。看得到腳邊嗎？」

「可以。就算沒有戴眼鏡，距離這麼近，我可以清楚看見學長的臉。」

美園開心地笑道，並歪頭晃動深棕色的髮絲。她如自己所說一直看著我，可以從她身上感受到剛才那股奪人心魂的甘甜香氣。

「……啊。不好意思，床鋪我就借用了。」

見我一句話都沒回，美園急忙以美麗的身姿低頭致謝，當我回答：「好，請用。」她再度低頭致意，然後鑽進被子裡。

「請牧村學長用我的毛毯吧。」

美園把被子蓋到剩下半張臉，這麼對我說。仔細一看，行李箱上放著一條毛毯。

「那我就心懷感激借來用囉。」

即使只看眼睛和眉毛，也看得出來美園面帶微笑，當我欣慰地看著她，她卻像是發現什麼，用被子蓋住整張臉。

「就算卸妝了，也沒差多少啊，妳不用這麼介意吧？」

這是我剛才在極近距離之下看過之後的感想。

「聽到學長這麼說，我很高興，可是覺得有點複雜。」

女人心還真難懂。我以為這是在誇獎她素顏比較好，但她似乎有不同的感受。美園再度從被子裡露出眼睛，一臉無辜地補充「但我很高興喔」。這副模樣讓人會心一笑。

「了解。那我要關燈囉。」

「好，麻煩學長了。」

美園或許已經很睏了，但我暗忖她還想再聊一會兒，所以沒有說晚安。照理來說，她在這種場合應該會率先開口，卻沒有任何表示。我想她應該和我有同樣的想法，我們就這麼開始隨意閒聊。如果她真的和我想法相同，那我會很高興。

外頭的光線從窗簾縫隙微微撒下。光有時會變亮，那是因為開著大燈的車子經過。但這點光線，一旦閉上眼睛就完全不會在意。我們隨性地聊了一陣子後，寂靜造訪昏暗的房間內。當我後悔沒能及時道晚安時，一道靜謐的聲音打破沉默。

「牧村學長，你睡著了嗎？」

「我還醒著喔。」

畢竟時間還早，自己實在睡不著。而且喜歡的女孩子在我房間裡，還睡在我床上。更別說她借我蓋的毛毯有股香氣。再加上剛才碰到她，現在餘韻還留在身上，根本不可能有睡意。

「美園還撐得住嗎？」

「可以。我本來以為會馬上睡著，但好像沒這麼快。」

我當然看不見她的表情，但我想她一定靦腆地笑著。她的聲音聽起來就是如此。

「所以，如果可以，能再聊一會兒嗎？」

「當然可以。妳不用跟我客氣……而且我也想再跟妳多聊一下。」

在已經關燈的房間中，美園在床上而我在地板上。大概是因為看不見彼此的臉，我說了有些大膽的話。

「……我好高興。」

在寧靜的房間裡，感覺得出美園在訝異中屏息，接著一道溫柔的聲音和微小的聲響傳進我的耳裡。我猜她是翻身面向我了吧。所以我也翻身面對她。我們之間的距離並未因此改變，還是一樣看不見對方的臉。然而我卻覺得距離彷彿已經縮短，是因為自己有些——不對，是高興得完全沖昏了頭。

「要聊什麼？」

「這個嘛，學長剛才有給我看照片對吧？我想聽聽去年執行委員的話題。」

「去年啊，嗯。只要我知道，要說什麼都行喔。」

說歸說，因為我交友不廣泛，反倒擔心沒有多少趣事能說給她聽。

「那……我想聽聽學長的事。」

「我？沒什麼有趣的事喔。」

「才沒有這回事。而且我想知道。我想更了解學長。」

「……嗯，好吧。」

聽到這道溫柔的聲音，讓我好奇美園現在是什麼表情。多虧房間這麼暗、我們距離這麼近，我才敢說出那麼大膽的話，現在卻覺得這點有那麼一點可恨。我真是個現實又忘恩負義的傢伙。

「牧村學長為什麼想當執行委員呢？」

「……這個嘛……」

其實這件事有點難以啟齒，可是美園難得發問，我不想敷衍她。

「我從以前開始就不擅長主動與人攀談，或是主動建立人際關係，所以剛進大學的時候完全交不到朋友。」

其實原因之一，是我搬家拖到時間，在新生訓練這個交朋友的機會中缺席。不過主因還是我自己的個性使然。

「但我一開始還是很樂觀，想說早晚會交到朋友。可是大學的班級跟高中之前的情況不一樣，課程可以彈性安排，選修科目和外語課程在系上也分成好幾堂課，主修科目的課程也不會固定座位不是嗎？所以機會比我想像中的還少，開學過了一個星期，我還是一個人。」

不只座位，大學凡事都很自由。雖然必須滿足畢業和升級的條件而上課，但除了必

修學分，其他課程都由自己衡量。就算是個別課程，在高中之前要是蹺課，就會通知家長，大學卻不可能做這種事。

其他還有社團或打工這種各自的人際關係，總之大學生就是一種能自主決定各種事物的人。責任當然也由自己扛下，但這點也是一種自由。

「當時大家都已經加入社團，看起來過得很開心。我這時候才發現，要是不自己付出行動，就會被人拋在後頭。」

「我明白這種感覺。雖然有推薦的課表，裡面還是有很多事情必須決定，比如選修科目和第二外語。大學與高中之前的環境不一樣，明明在同樣一個地方，每個人的選擇卻完全不同，我很驚訝。」

「嗯。所以我才會想加入文執。即使這個理由有點消極，我實在不覺得能在沒有向心力的地方交到朋友，所以才會想加入一個有共同目標的團體。抱歉，不是什麼值得大書特書的理由。」

我不想敷衍美園，所以照實說出來，卻又擔心萬一讓她大失所望，那該怎麼辦？然而美園的聲音是那麼溫柔。

「沒有這種事喔。每個人的理由都不一樣，能了解學長，我覺得很開心。而且我知道學長在加入之後，變得很喜歡執行委員的活動。」

「嗯，謝謝妳。」

儘管是一椿窩囊的過往，聽到美園以溫柔的聲音對我說「不客氣」，我卻慶幸自己有說出來。

「再來想聽什麼？」

「再來……機會難得，我想聽後續。麻煩學長說說喜歡上執行委員的來龍去脈。」

「什麼？太難了吧。」

而且現在重新再說一次，實在很難為情，美園卻嘻嘻笑著，然後以期待的口吻說：「請告訴我。」

「我想想喔……學長姊從迎新開始就很照顧我，同年級的人也大多是很活潑的人，所以我一加入，就覺得很好玩呢。開會和工作是有麻煩和辛苦的地方，但還是樂趣占了大半。」

不過如今回頭想想，這個階段都是別人帶給我樂趣。

「在決定組別之後，正好就是你們接下來的階段，交付給我的工作開始變多。在這個階段之前的新生，用比較不好聽的說法，其實就像客人一樣。但從這個時候開始，我才終於有成為文執的真實感受。那讓我很開心。」

當然了，這點因人而異。也有人隨著工作變多而退出。不過我正好適合如此。

「一旦有了自己的工作，自然而然會開始跟別人接觸。我就是從這個時候開始跟其他人的感情變好。一旦有了交情，等於是跟好哥們同甘共苦，也就更容易樂在其中。大概是這樣吧。」

其實這不是我自己積極付諸行動的結果，但我交到朋友了。因此獲得自己歌頌青春的真實感與充實感。

「我未來也會像學長一樣，比現在更喜歡執行委員嗎？」

「我當然希望妳會，但說實話，每個人不一樣，所以我也不知道。因為自己感覺到的樂趣和妳想的樂趣可能不一樣。可是若妳能樂在其中，我會很高興。所以會讓妳，當然還有雄一多負責一些工作。也會讓你們多依靠我這個學長，做好覺悟吧。」

呵呵——床上傳來這樣一道溫柔、沉穩的笑聲。

「好的。我會努力達成牧村學長的期望，也會努力讓自己樂在其中。所以我也會更加依靠學長……可以嗎？」

她有些畏畏縮縮地補充最後一句話，就在這個時候，她提起視線仰望著我的可愛臉龐浮現在眼前。

「好啊，當然可以。」

「謝謝學長。我現在更期待以後的活動了。」

美園以興奮的語氣說道，但她口中所謂「以後的活動」恐怕不完全是開心的事。不過我希望那些辛勞也成為她重要的回憶。

「美園。」

「是。」

「來辦一場開心的文化祭吧。無論對客人、對辦活動的人，還有對我們都是。我一個人能做的事情有限，但就算這樣，我也會全力以赴。」

美園是我首次擁有的學妹。所以身為學長，想協助她舉辦活動。

「好。我想創造許多美好的回憶。」

「是啊，我們一起加油吧。我要重新請妳多多指教了，美園。」

「好。我才要請你多多指教，牧村學長。」

◇◇◇

隔天我照常醒來。昨晚在那之後，我們閒聊沒多久美園馬上睡著了。我也不太記得之後的事。我想應該是跟美園聊著聊著，緊張緩解之後很快就睡著了。

我手裡的手機顯示現在是早上六點三十分。雖然是入睡時間的影響，假日在這個時間醒來算有點早。即使睡在地板，伸展身體卻不會痛，可以說是醒得神清氣爽。

「牧村學長，早安。」

「美園，早啊。」

我要訂正。以一大早來說，這大概是我這輩子最幸福的早晨，看到美園的笑臉後，我便這麼覺得。美園已經換好衣服，綁著頭髮並圍著圍裙。想當然耳，她也化好妝了。我自然看得出來和昨夜有什麼不同，但我再次體認到她原本的面容也非常標緻。

「妳該不會是在替我準備早餐吧？」

「對。畢竟我就是用這個說詞，才央求學長讓我住下來的嘛。擅自使用學長的廚房是讓我很過意不去啦。」

我怎麼可能會有怨言。

「而且食材是昨天的剩菜，我也只能做沙拉充當新菜色。」

「已經很夠了。真的很謝謝妳。」

不開玩笑，今天真的是我這輩子最棒的早晨。整理好服裝儀容後，桌上已放著番茄和洋蔥做成的沙拉，以及昨晚的燉牛肉。

「不好意思，只有簡單的東西和剩菜。」

「妳能幫我做早餐，我便很感激了，而且味道很棒，妳根本不必道歉。謝謝妳。」

我打從心底對一臉愧疚的她道謝，即使如此，依舊無法完整道出我現在有多幸福。

後來美園甚至幫我收拾整理，然後我才送她回家。她住的地方是二樓，所以我今天以搬行李箱為藉口來到房門前。從自動鎖玄關到她的家門前，只有短短一段時間，我連這點時間都想和她在一起——這才是真心話。

我揮著手向美園道別後，在回到自己的住處前，已想盡辦法讓自己什麼都別想了。但或許是離開了自己的房間一回，當我回到住處，愈發強烈感受到美園直到剛才為止還待在這裡這件事。

床舖上的被子折得很整齊，廚房周遭也比我平常整理的更井井有條。這些都反映出美園的個性，我的胸口頓時充滿一股暖意。

但在此同時，也感受到一股寂寥。我以為自己很清楚昨天發生的事是一場突發狀況，美園不在我家是很正常的事，但自己的視線就是不受控制地在屋內穿梭。

我想起在鏡子前一臉害羞地穿著圍裙的美園。

想起當我誇獎料理好吃時，一臉放心展顏的美園。

想起美園一大早就努力準備，結果打瞌睡的那張毫無防備的可愛睡臉。

也想起在關燈的房間中，開心地迴響著美園那道美麗又溫柔的聲音。

「過得好開心啊。」

之前美園穿著我的工作人員外套時，也是一副懷念重要回憶或是看著心愛物品時的表情。昨天她看去年的照片時，或許也勾起了回憶。

我打開從昨晚就一直放在客廳桌上的筆電，解除休眠狀態。由於昨晚美園看著看著就睡著了，螢幕還維持在她當時看的那張照片上。

「一看就知道很累。」

如果我記得沒錯，這是最後一天拍的照片，照片中的我一臉疲憊。只不過——

「也看到執行委員們非常疲累的模樣。即使如此，你們的表情看起來還是很充實，感覺非常開心。」

我想起美園說過的話。當時的我毫無疑問就跟她說的一樣疲憊不堪，卻樂在其中不自知。

就像昨晚說的，美園是我的第一個學妹，我也希望她能這麼開心。為此，我身為學長會用盡全力幫助她。我已經決定好了。但也已經不只如此。

「我想創造許多美好的回憶。」

我允諾了美園這番說詞，也告訴她要「一起加油」。我的這份心意當然毫無虛假。只不過還有一股更強的意念。

我想和美園——和喜歡的女孩子，一起留在她創造的回憶當中。
不光是以學長的身分，而是更親近的存在。
所以我要再多踏出一步，甚至兩步。我在今天如此下定決心。

斷章

高中三年級的君岡美園造訪文化祭來到最後一天的志願大學，追根究柢，這並不是她自己的意思。雙親擔心這陣子無精打采的她，所以問她要不要去玩，美園在無可奈何下才答應。

當初母親也想一起來，但美園拒絕了。因為是從隔壁縣市坐新幹線過來，說得極端一點，就算她隨便去哪個地方消磨時間，雙親也不會知道。當然了，美園知道自己讓雙親憂心，既然無奈之下答應，她也無暇想那麼多。

（早知道就不來了。）

希望她能在志願大學感受開心的氣氛，然後轉化為考試的動力。雙親的想法大概是這樣吧，既然真的來到現場，美園自己也希望能如此。可是到了最後，這樣天真的想法輕輕鬆鬆就被搗毀了。即使感受到開心的氣氛，她的心情還是一樣陰暗，只是體認到自己是個異類的事實。

（回家吧。）

美園經過一個大舞台，原本想逛一遍露天攤位，卻在途中澈底死心，回頭就要走。

「呀！」

「哦！」

當她覺得視野被籠罩在一片青藍之中，身體也瞬間遭受撞擊，回過神來才發現自己已經跌坐在地上。

「啊啊啊……對不起！對不起！」

美園並未及時扶正被撞歪的眼鏡，就這麼坐在原地發呆，只見一名身穿藍色外套的青年慌慌張張地對她伸出手。這個時候，美園終於理解到自己跟眼前的人相撞，因而跌倒在地的事實。

「沒事吧？有受傷或是哪裡會痛嗎？」

美園一愣一愣地抓住伸到眼前的手，然後站起來，問題也從這名青年口中一個一個蹦出。對方一臉愧疚。其實追根究柢，是美園不該突然轉頭往回走。然而青年這個被撞的人卻如此擔心美園，而且並未有任何責難的神色。那不知道為什麼，讓美園覺得他非常沒出息。

「啊啊……對不起，不好意思。很痛吧？您能走嗎？那邊有可以休息的地方，我帶您過去。」

青年的模樣看起來更狼狽了，無可奈何的美園只好點頭，順著對方的意讓他牽著自己走。青年牽著美園的手回頭詢問「會不會痛」，美園搖頭否認後，他才露出放心的笑容繼續往前走。經過這次搖頭，美園才發現有東西劃過自己的臉，難怪青年會如此不必要地擔心。美園事不關己地這麼想後，總算回過神來，在愧疚與羞恥的催化下，只想當場消失。

後來青年帶著美園來到剛才那個大舞台的後方深處，並讓美園坐在長椅上。這畢竟也是自己招致的醜態，她本來想向青年道歉與道謝，然後儘早離開這裡，青年卻脫下自己的外套交給美園，說了一句：「我馬上回來。」就跑得不見人影，因此美園只能乖乖等他回來。

脫外套的理由，據說是因為穿著外套會被人以為他在玩。因為這件外套，美園得知青年是文化祭執行委員會的一員，也知道他姓牧村。青年會如此關照美園，或許並非出自罪惡感和憂心，而是一種義務感吧。

「對不起，讓您久等了。」

當美園思索著這些事，這位牧村回來了。他兩手拿著炒麵、章魚燒、可麗餅、吉拿棒，還有寶特瓶茶飲。

「有您不喜歡吃的東西嗎？」

「那些是要給我的嗎？」

「對。如果您能當作賠禮收下，我會很開心。」

美園本來想趁著把外套還給他時，向他致歉、道謝後就走，看來也已經行不通了。雖然他們想必不會再見面，美園卻無法給人家添麻煩後，又拒絕人家的好意。

「謝謝你。可是我吃不了這麼多。」

「如果您吃不完，我會把剩下的吃掉。若還有想吃的東西，我也會幫您買來喔。」

「沒關係，不用了。還有我是高中生，講話不用這麼畢恭畢敬喔。」

「我就知道。我想妳的年紀應該比自己小，可是直接確認又很沒禮貌。」

牧村「哈哈」笑了兩聲，美園也在無可奈何之下，只收下可麗餅並咬了一口。說實話，沒有很好吃。

「是不是不怎麼好吃啊？畢竟是外行人做的，我想說妳可以享受氣氛……」

牧村尷尬地笑道，可是美園在這場應該享受氣氛的祭典上，甚至對那種氣氛產生負面感情，現在的她根本不可能「享受」。這讓美園覺得自己的心已經嚴重扭曲。

「請問……文化祭不好玩嗎？」

這時，牧村難以啟齒地這麼問道。美園急忙吞下差點說出口的「對」。她確實不覺得好玩，但原因出在自己身上。如果告訴籌辦活動的他，那麼未免太過失禮。

「這樣啊——」

牧村已經從美園的態度看出答案，但美園並沒有聽進他這句低喃的後半段，卻覺得他那張悲傷的表情令人心痛。

「請你不要放在心上。是我自己不好，而且其他人都玩得很高興啊。」

現場唯有自己是個異類，美園早已明白這點，但真的訴諸言語又令她難受。

「妳怎麼了嗎？」

見牧村憂心地詢問，美園心想，乾脆全說出來算了。給人添了麻煩，還讓人如此費心，她不忍心只說一句「很無聊」就離開。更重要的是，或許她一直都想向人吐露自己的心聲。

「我不想被別人聽見，能不能去沒人的地方？」

「嗯……好吧。那妳等一下。我先把這些東西塞給別人。」

牧村說完，便把其餘在攤販買來的食物拿到大舞台附近的棚子去了。

牧村應美園的要求，帶她前往的無人地帶是附近校舍的屋頂。聽說這裡即使是星期日也會有學生來，所以門是鎖著，不過他已經先把鑰匙拿來。這裡比周圍的校舍還高，不用擔心被人看到——他這麼說著，然後笑了。

「若是這裡，今天無論如何都不會有人來喔。而且還能清楚看到整個文化祭。」

「也對呢。」

這裡確實可以清楚看見一大片景色。而且人變小了，也分不出誰是誰。如果別人從這個高度看著自己，或許就不會覺得是異類。美園發現自己萌生這般樂觀的視角，不禁面露苦笑。

導火線真的是一件微不足道的小事。開端是她參加補習班暑期輔導，碰巧看見補習班的宣傳手冊上有個畢業生建議欄，上頭寫著「帶著追求目標的進取心念書」這句話。除此之外還有「想像未來的自己」、「擁有明確的願景」等建議。美園本身對心理學有興趣，因此選了相關的志願大學和學系。但再來就沒有更明確的願景了。事後想想，那些建議一定就像小小的尖刺，時刻刺在她的心窩上。

一旦開始長期準備大考，一定有失去動力的日子。但假如美園未曾看見那些建言，一定有辦法轉換心態，覺得物極必反，總會這樣。然而有那些尖刺留在心頭之後，一旦遇到這樣的日子，她開始把原因歸咎於因為自己對未來沒有明確的目標。更糟的是，當她若無其事找朋友們商量未來，卻發現大家在某種程度上都有著明確的夢想。

後來用不了多久時間，她的心態崩盤了。原本維持在A級的模擬考成績降到B級，因而陷入不安的連鎖反應中，讓家人擔心、給他們添麻煩的愧疚感更加速這一切。現在時間都來到十一月下旬了，她卻完全無心念書。

而今天原本想賭上一絲希望來參加文化祭，陰沉的情緒卻妨礙她享受活動。

「所以請你不用放在心上。是我自己不好。」

雖然對不起傾聽的牧村，美園還是覺得稍微舒緩一點。那樣的感覺來自不再掙扎的放棄心態，但她總算能下定決心，要在今天回家後，把變更志願的決定告訴雙親。

「不好意思，要你聽我訴苦。說出來之後輕鬆多了。謝謝你。」

所以她希望牧村務必忘記不會再見面的自己，希望牧村自己好好享受文化祭。這是美園的想法。然而當道別後，要離開屋頂時，她聽見牧村發出思索的聲音，並問了一個她始料未及的問題：

「妳的高中生活好玩嗎？」

「什麼？」

美園一時之間搞不懂眼前的青年想說些什麼。只不過如果問高中生活好不好玩，那當然是好玩。即使人數不多，她擁有和幾位知心朋友度過的重要時刻。

「很好玩。」

「既然如此，妳的大學生活一定也會很好玩喔。」

「你在說什麼啊！」

美園現在分明還不知道能不能獲得他嘴裡所說的大學生活，而且為此苦惱，這個人長得一副好好先生的嘴臉，怎麼會如此沒神經呢？美園也不隱藏自己心中的躁怒，直接把怒氣發洩在牧村身上。

其實冷靜想想，牧村聽陌生的美園傾吐這樣的心聲，或許才該覺得躁怒。但美園此時已經沒有餘力想這麼多。

「對不起喔。可是其實我現在也沒有什麼未來的願景啊。」

牧村抓抓頭，輕描淡寫地這麼說道。他看美園沒有回嘴，繼續開口：

「當然啦，我覺得擁有未來夢想的人很了不起。可是這不能反過來說。我這樣講，可能很像在替自己開脫，但也有一些人沒有夢想，還是很了不起啊。先不說我是不是，我想妳一定是這種人。」

自己煩惱至今的事，是如此理所當然的事嗎？現在回頭想想，美園依舊想不通。今天是她第一次對別人吐露心聲。過去都是獨自煩惱，無法與別人商量。自己明明沒有未來的夢想，卻決定好要去的大學和科系，她覺得這樣很可恥，所以不敢和別人商量。

「為什麼……」

她一直想把煩惱拋開。然而當眼前這名青年打算替自己消除煩惱，她卻不願承認自己這一路的煩惱是如此渺小，因此憤而抵抗。想質問他怎麼會知道這種事？

「因為啊，妳現在明明這麼不好受，當我問『高中好不好玩』時卻能立刻回答，這代表妳擁有能讓自己這麼回答的好朋友對吧？如果不是妳自己潔身自好，是不會遇到好朋友的喔。」

「這個——」

美園本身的人性，能保障她的未來嗎？就因為遇見好朋友——

「而且妳對替自己擔心的家人過意不去，這是因為妳很溫柔。明明自己都很不好受了耶。別人搞不好還會跟家人撒嬌。哪像我，只會打腫臉充胖子面對擔心自己的家人。我自己的事都忙不過來了，根本沒辦法替別人著想。」

家人很重要。讓家人替自己擔心，就是一種過失。這麼理所當然的事，為什麼會被誇獎呢？

「會為了沒有未來願景煩惱，也是因為妳生性認真啊。妳這個人既認真又溫柔，就連今天初次見面的我都知道妳是個潔身自好的人，妳身邊的人一定也都知道這點。」

是這樣嗎？可以這麼想嗎？

「所以言歸正傳。妳既認真又溫柔，所以妳的大學生活一定也會很快樂喔。」

美園認為自己現在的表情一定糟糕透頂。和眼前笑得溫柔的青年相比，自己的臉肯定和內心一樣莫名其妙。

「經歷許多有趣的事之後，或許裡面會有一些煎熬，但妳的世界一定會變大。所以如果妳現在無論如何都想要有個目標，就以開心的大學生活為目標不就好了嗎……我是這麼想啦。」

「我……」

「嗯。」

「煩惱著這種無聊的事呢。」

「怎麼會！」

美園認真煩惱了好幾個月。但如今開口跟人談談後，才發現是非常渺小的事。一想到自己浪費的時間，還有給身邊的人增添的煩惱，她實在不想承認這是個渺小的煩惱。正因為如此，看到青年這麼極力反對，她感到很高興。

「像我入學之後一直交不到朋友，很怕會落單。這個煩惱跟未來無關，比妳的煩惱還要微不足道，可是我當時真的很苦腦呢。」

牧村羞怯地笑了。

「雖然這個煩惱很快就解決了啦。可是就算已經解決，我也不覺得這個煩惱不值一提。妳應該也是吧？」

「對……謝謝你。」

見牧村露出溫柔的微笑，美園也想笑著回應他。如果自己的感謝之情能傳達給他，那就好了。只見牧村看著這樣的美園，一瞬間面露驚訝，隨後又轉為溫柔的笑容。

後來到了要巡邏的時間，牧村就離開了。他剛才在那裡走動，似乎只是自主巡邏，據他所說，是因為自己「很閒」。美園真的很慶幸自己在牧村閒暇時遇見他。

美園替自己的失禮道歉，更道了好幾次謝，但對美園來說，再多的感謝都不夠。所以當她以牧村身上的那件藍色外套為目標搜尋，目光自然而然開始追著文化祭執行委員跑。執行委員的人們累到一看就知道。可是在美園看來，他們臉上的神色都不是不悅和不快，而是充實和滿足。

（我首先找到一件開心的事了喔。）

結果美園並未見到牧村，但她找到上大學後要做的事。她再次決定回家之後，要為了這一陣子的事向家人道歉。而且絕對要考上這所大學。

到時候再去見那個人吧。

後記

各位幸會，我是水棲虫。名字的由來是醉生夢死。（註：日文「醉生」音同水棲，「夢死」音同虫）

非常感謝各位這次購買《大學社團裡最可愛的學妹 1.消極的學長與積極的新生》。

本書獲得第六屆カクヨム網路小說大賽「戀愛喜劇部門特別賞」，後來才出版成冊。儘管現在書籍化作業已經來到尾聲，被埋沒在網路一隅的小說（責任編輯如是說）要以書籍的模樣問世，還是讓我存有一絲疑竇。

如同部門的名字，本書的分類是戀愛喜劇，但說到戀愛喜劇，其實不只輕小說，絕大多數都以高中為舞台，大學生應該很少見（總之我先假裝沒看到這個比賽過去得獎的作品還有同一屆的得獎作品也有大學生這回事……）吧。

這是一部稀有的大學生作品，而且又罕見地以文化祭執行委員會為背景，外表雖然以變化球當包裝，我卻自認內容寫的是有如正中直球的戀愛。

劇情內容並沒有什麼大事件，所以這能算戀愛喜劇嗎？讀者會看得開心嗎？我曾在

後記

書寫的時候抱著這樣的不安。但我認為自己筆下的女主角很可愛，關於這一點，我信心十足，所以才交出作品。因墜入情網而變得更堅強的女孩子很可愛對吧？對吧！

那麼以下是謝詞。

首先，我打從心底感謝所有負責第六屆カクヨム網路小說大賽評選的人們，還有替我加油的所有讀者們。之所以能奇蹟似的得獎，都是託各位的福。

I藤責任編輯大人。我從未忘記您在得獎後，跟我聯絡時說過「這部小說被埋沒在網路一隅會很可惜」。我想您大概不記得，但我聽了非常高興。改稿時您諸多明確的建議，讓作品變得比當初更好。這點我親身體會，再多的感謝也說不清。

插畫家maruma（まるま）老師。當我看見您提供的角色設計稿時，忍不住脫口說出：「太完美了吧？」真的非常感謝您設計出超越作者想像的美好角色。每當我收到角色設計稿和草稿時，都會開始傻笑，無法自已。我也滿心期待您畫出本篇插圖。

現在這個時間點，我還沒有任何實際感受，不過以負責校正與宣傳的人們為首，本書得以出版，全是多虧各方鼎力相助。不能逐一道謝心裡實在過意不去，但是我真的受惠於各位。非常謝謝您們。

再來是各位讀者。雖然這是再次重申，但我很感謝各位在眾多的輕小說中，選擇本書閱讀。希望本書對各位而言，是能樂在其中的作品。

最後，我衷心期盼下一集還能再見到各位。

水棲虫

國家圖書館出版品預行編目資料

大學社團裡最可愛的學妹. 1, 消極的學長與積極的新生/水棲虫作 ; 楊采儒譯. -- 初版. -- 臺北市 : 臺灣角川股份有限公司, 2023.03
面 ; 公分. -- (Kadokawa fantastic novels)

譯自 : サークルで一番可愛い大学の後輩. 1, 消極先輩と、積極的な新入生
ISBN 978-626-352-362-3(平裝)

861.57 112000511

Kadokawa
Fantastic
Novels

大學社團裡最可愛的學妹 1
消極的學長與積極的新生

（原著名：サークルで一番可愛い大学の後輩 1.消極先輩と、積極的な新入生）

2023年3月20日　初版第1刷發行

作　者：水棲虫
插　畫：maruma(まるま)
譯　者：楊采儒

發 行 人：岩崎剛人
總 編 輯：蔡佩芬
編　　輯：楊芫青
美術設計：吳佳昫
印　　務：李明修（主任）、張加恩（主任）、張凱棋

發 行 所：台灣角川股份有限公司
地　　址：104台北市中山區松江路223號3樓
電　　話：（02）2515-3000
傳　　真：（02）2515-0033
網　　址：www.kadokawa.com.tw
劃撥帳戶：台灣角川股份有限公司
劃撥帳號：19487412
法律顧問：有澤法律事務所
製　　版：巨茂科技印刷有限公司
ISBN：978-626-352-362-3